我在故宫修文物

萧寒——主编　绿妖——撰稿　严明——摄影

MASTERS IN
THE FORBIDDEN CITY

北京出版集团
北京十月文艺出版社

故宫里一年四季游人如织，人声鼎沸

从这里进去，就是故宫文物修复师们每日工作的地方

他们视自己为普通的故宫工作人员，但其实，他们是最顶级的文物修复专家，是给这个国家最顶级的文物“治病”的医生。他们的着装言谈与我们无异，同时生活在机器工业时代，但他们的手艺，却有几千年的生命了。他们师父的师父，是中国古代“士农工商”中的“工”。

目录

序

壹

| 钟表室 |

贰

| 铜器室 |

叁

| 裱画室 |

序

择一事，终一生

大历史，小工匠。择一事，终一生。

五年前，我们开始有一个心愿，希望这些一直深藏在故宫幽深角落、不为人知的修复师，有机会被大众知晓。他们是传统中国四大阶层“士农工商”中唯一传承有序的“工”的阶层，他们也有着中国人朴素的称呼——“匠人”。于是从那时开始，我的合作伙伴，也是纪录片《我在故宫修文物》的制片人雷建军老师，带领他的学生们多次深入故宫调研，陆续五年有余，编写了近十万字的田野调查报告。

一切都是机缘，似乎这件事情总是会兜兜转转让我与它同行。一边准备、一边等待，甚至眼看一些师傅退休又返聘，我们的镜头也迟迟未能靠近他们。以致在故宫博物院 90 周年院庆前夕，徐欢老师告诉我们可以拍了，我都有些觉得突然。作为献礼，我们的申请得到批准，镜头终于架在了师傅们的工作台前。

拍摄和后期制作历时一年。在今年年初，纪录片《我在故宫修文物》于央视九套首播，随后爆红网络，获得近亿次的点击量，豆瓣评分更是高达 9.4。数万条鼓励和赞许的评论让我们又惊又喜，自然也有一点点惶恐。

究竟是什么打动了人们？让大家为一部纪录片“燃”了起来。

答案也许就是木心先生的那首诗：《从前慢》。从前的日子过得慢，一辈子只够爱一个人，一生只能做一件事。正是我们被惯性和无明推得快速甚至踉跄的脚步突然让我们意识到，认真地慢下来是如此可贵。或许我们也都曾想成为那种“择一事、终一生”的人，但走着走着，现实却总想把我们变成自己曾经讨厌的样子。

对于故宫这个题材来讲，它是值得被呈现在大银幕上的。人们应该在巨大的电影银幕上安安静静地观看一部纪录片，而不是急匆匆地去看一部说着“慢”的电影。这一美好愿景的实现有赖于一群被片子打动的朋友：

在家里煮面时偶然看到电视上播放《我在故宫修文物》，立马被题材所吸引的姚谦老师，虽然那碗面糊了，但他最终成为了我们电影的音乐制作人；

当看到老师傅王有亮感叹岁月的飞逝、王津看着他修复过的钟表就像看自己孩子般喜悦的场景，廖庆松老师被深深打动，一拍即合成为了这部电影的剪辑指导；

还有剪辑师冯章顺、主题曲演唱者陈粒、钢琴伴奏黄裕翔、音乐创作刘胡轶……

在那些冷冰冰的古董、几百上千岁的文物背后，其实有着非常生动的故事——像去邻居家串门一样，随口来一句“我去寿康宫打个水”；在院子里懒洋洋地逗逗“御猫”的后代；又或者在午休的时候骑电动车穿过层层宫门去外面抽根烟……正是这些逗趣的日常生活，才让这群身怀绝技的人鲜活起来。

但是在拍摄过程中，还有很多非常精彩的故事没有被记录到镜头里。错过了，你会觉得很遗憾，但这对于纪录片本身，是没有办法解决的问题。

又是那样的刚好发生，在大电影的制作过程中，这本书的编辑杨晓燕老师找到我们，希望能用文字来呈现更多关于纪录片本身和那些拍摄的背后故事，于是她又促成了这本书绿妖的文字和严明的图片。

快和慢、张和弛本来是相对的，愿这本书能够建构一种“快、慢”的和谐，“张、弛”的有道。没有人告诉过我们，生活到底应该过成什么样。但希望每一个打开这本书的人，都能在这里寻找到心底的一点点平静。在被庸碌现实俘虏之前，在被琐碎生活招安之后，还有能力为那个用烂的词——“情怀”而稍稍动容。

一辈子很短，也许只够做一件事。

再次感恩所有爱这部电影的朋友们！

萧寒

2016 年 11 月 7 日于杭州

壹

钟表室

从清代一直传承至今

早上七点钟，103路公交车上，突然有一个姑娘穿过车厢走到最后一排座位前面：您是王老师吗？对不起，看您半天了，我实在憋不住，马上就下车了……能不能合个影？

五十五岁的故宫钟表修复师王津因为纪录片《我在故宫修文物》的走红，意外成为“男神”“网红”。在骤然降临的声誉面前，他异常淡定，仍然每天坐公交车上下班，遇到合影就坦然接受。这份定力是近四十年文物修复生涯带给他的，也是许多九〇后喜欢他的原因。

钟表是故宫博物院中非常特殊的藏品，堪称世界博物馆同类收藏中的翘楚。清朝皇帝酷爱钟表收藏，顺治、康熙、乾隆三位皇帝嗜爱钟表的程度，一代胜过一代。西方工业革命以后，传教士到中国来，他们钻研皇帝的喜好，把当时最新、最好的钟表送到宫里，形成了一类独特的收藏。当时欧洲的钟表工匠们，为了大清皇帝的喜好，千方百计在钟表上动脑筋：车马人物、花鸟虫鱼做装饰，日月星辰通过发条变成斗转星移。清宫的一千多件钟表藏品，制作年代从十八世纪到二十世纪初，既有英、法、瑞士等名家制作，也有广州生产的精品，以及皇帝设计由做钟处完成的“御制钟”，制作精美，功能复杂，代表了当时钟表制造的最高水准。到乾隆时期，清宫钟表的制作形成一条从西洋传教士、工匠到做钟太监的非常稳定的基础梯队，这些能工巧匠在做钟处共同工作，技术上不断融合，形成了故宫现有的古代钟表修复技术。

钟表的修复技艺是唯一在故宫里一直绵延下来、没有断层的非物质文化遗产。由于钟表都是实用器，需要持续维护，直到1924年，冯玉祥的部下将末代皇帝溥仪赶出宫时，钟表匠人依然留在紫禁城内。1925年故宫博物院成立，原做钟处的工匠徐文璘成为故宫博物院第一代宫廷钟表修复大师，培养了徐芳洲、白金栋、马玉良、陈贺然四位弟子。1977年王津师从马玉良。在老师傅们退休以后，王津和他的徒弟亓昊楠，如今是故宫仅有的两位宫廷钟表修复师。至今，清宫钟表修复，已经传了三百多年。

明末到清末是中西方文化大融合的时期，这种交流与碰撞呈现在清宫钟表上，是它的纹饰、色彩等既非纯正中国的，也非完全西洋的，因此而一变，丰富而琳琅满目。中西融合，以一种物化的形态呈现，包括它的修复理念，中与西之不同也是泾渭分明。西方尊重大师作品，在整个修复过程中一定保持大师的思路，以及整件作品的完整性。而这一点，并不是清宫造办处工匠考虑的重点。他们会把大师作品拆分、重组，对它进行改造，使它能够适应皇帝的需求。看似是东西方工匠的不同，却也呈现两种文化的差异。

王津延续了故宫钟表修复的传统。2011年，瑞士某钟表品牌在大陆举办展览，带来了十八世纪钟表大师雅克·德罗父子制作的写字人钟[1]（又名“作家钟”），运输过程中钟表出现故障，发条断裂。按照西方修复理念，发条需要专门工具做，但写字人钟隔天就要在新闻发布会上表演，显然来不及。主办方找到故宫请求帮助，王津紧急受命。到了场地，他看了很长时间，谁都没有想到他会用那样一种方式来解决问题：用0.5号钓鱼线代替发条，借助余弦力度，可以起到发条的作用，写字人钟开始书写；再比如，某宫廷钟表机芯里的气囊原料为进口羊皮，轻薄如棉纸，时间久了原料用光，可是展览迫在眉睫，怎么办？王津用以修复气囊的，居然是韧度很强的民国纸币，“这个简直是太有意思了”。

故宫钟表修复的每一个步骤，都包含了当时人们对钟表机械的想法、工匠的想象力，整个加起来折射出民族工艺的灵活性。打开一座钟，就是与历代的工匠对话，你看得出他们的手艺高低，态度是谨慎老实，还是敷衍糊弄。就像民歌，承载着一代代人的悲欢离合，这些文物所承载的大量的历史信息，借着修复工艺，也一代代地保存了下来。

钟表修复既有传承，也有创新。和清宫工匠的不同在于，第三代修复者王津和第四代的亓昊楠拥有更开阔的眼界，他们不断和国外的钟表制作者、钟表修复者、钟表历史研究者交流，看似一个简单的修复，实际上它的参照体系和知识体系已跟过去完全不同。他们的成长，也是故宫博物院不断与世界接轨的历程。中国和世界的融合和碰撞仍在继续，故宫的钟表修复工艺，也在保留传统的基础上，发生着微妙的变化。

而一出故宫，是另一个世界。

这是二十一世纪的中国，经过三十年的高速发展跃居世界第二大经济体。“乱世黄金，盛世收藏”，收藏行业进入空前繁荣时期。手艺人王津与收藏家黄嘉竹形成一组有意思的映照。那是一个民间的钟表展览会，收藏家与品牌商蜂拥，现场富丽堂皇如联合国会场。黄嘉竹是台湾著名钟表收藏家，会场上，众人争睹他收藏的维多利亚女王送给爱女的怀表，一片赞叹。听说王津是故宫钟表修复师后，他反复追问故宫有没有这样的表，听到否定的答案后，黄嘉竹心满意足。

铜镀金嵌珐琅转鸭荷花缸钟

收藏家重视的，是女王签名为怀表带来的附加值，这不是整日与发条、齿轮、坏掉的鸟翅膀打交道的手艺人王津看重的。故宫的皇家收藏俱是世界各地顶级孤品，过眼、经手都是文物，但又日复一日沉浸于精确到0.1毫米的机械修复中，这为王津这样的修复者带来一种超脱的精神。事实上，与那个富丽堂皇会场中大多数人相比，王津都显得不同，他像用清水洗过，格外朴素。

超脱于物质层面，专注于工艺的价值。盛世收藏的喧嚣，对照出手艺人的本真，所以面对收藏家也好，富丽堂皇的商业会场也好，王津既不逢迎也不失落，他知道自己是谁。这大概是故宫中一个普通的钟表修复师成为网络男神的真正原因：在尘土飞扬万众创业的年代，在网络把成功者更粗暴更快速地推到我们面前的成功学的时代，人们内心仍然渴望一些更加长久不变的事物，像海水泡沫下的岩石。王津在故宫西三所钟表室的这间屋里度过了近四十年，像他这样的修复师在故宫还有很多，王津和他同事们的职业生涯，一辈子只做一件事的定力与专注，隐隐安慰了这个变幻莫测的时代。

从神武门进，顺着建福宫西墙拐进一个长夹道，穿出去，就到了文保科技部所在的西三所，这是故宫博物院整个工作区唯一设有门禁、须刷卡进入的部门。

西三所与寿康宫只有一墙之隔，这个在很多宫廷剧中屡屡出现的院落，是野史和传说中清朝冷宫的所在地。因为年久失修，灰瓦红墙慢慢失去了原有的光泽，但是不经意间，栋梁上明代的彩绘得以保留，与清代的明艳繁复相比，它们更为简约清丽。

小院里绿植葱茏，有木器组史连仓父亲种下的枣树，金石组恽小刚种的君子兰，漆器组闵俊嵘的漆树，摹章组沈伟的玉米和茄子，以及清代的杏树与枣树。小院也生态丰富，文物部门不加班，五点下班以后，巨大的空间留给了动物，有兴许是御猫后代的流浪猫、黄鼠狼，还有木器组收养的各种鸟。每天，青铜器修复师王有亮和摹章高手沈伟自觉地担当起喂猫职责，连《我在故宫修文物》的剧组人员都知道，想逗猫，可以去摹画室所在的第四进小院找找看；而木器组屈峰虽貌似委屈地抱怨收留了许多“别人养着养着不要了送给我们，最后慢慢养着养着就成负担了”的动物，但下班时他不会忘记拎鸟笼回屋，否则“第二天你可能见到的只有几根毛”。

打杏是文保科技部的大事。每年五六月份，御杏树上的青杏慢慢变成了甜软的蜜黄色，年轻人暗暗兴奋起来：又可以打杏了。但2015年是故宫博物院建院九十周年大展，每个组都领有大量修复任务，满树的杏子熟了无人采摘，密密麻麻地落了一地，引来黑压压的蚂蚁。一个清晨，上班前的一刻钟，木器组的人领头，办公室的姑娘拿出了盖文物的强韧度白纸来接着，工人登上梯子打下来许多黄杏。大家嬉笑着来分，没赶上的还特意来要。

这是西三所难得的喧声笑语的时刻，随着八点钟的到来，这里像被施了魔法的空间，时间、人声，都冻结起来。

“静”，是这里给人最深的印象。在钟表室采访王津，除了我们的说话声，就只有自鸣钟整点报时的钟鸣，悠扬，悦耳。他的徒弟亓昊楠安静得仿佛不存在，虽然他明明在房间另一隅修理钟表。“静”，变成一个整体的气场，人不由自主也静下来，感觉大声说话、用力走路都显得浮躁。那一瞬，你突然明白这里面的人反复提到的“磨性子”“静下心”“沉住气”是什么意思。任何一门宗教都把修静入定、获得专注作为入道的途径，静者心不妄动，专注已包含身心合一，修道如此，修文物何尝不如此。

技艺容不得欺骗，技艺里没有捷径。一座宫廷钟表层层组装，上千个零件必须从最底下开始每一个零件都严丝合缝，错零点一到两毫米都可能导致最后的整体罢工；一件青铜器碎成毫无规则的一百多片，有一块碎片位置不对都拼不起来；在三伏天的深夜一个漆农忙碌一晚上只能采漆八两，“百里千刀一斤漆”；修复太和殿龙椅用的鱼鳔胶，年轻小伙儿轮流着一刻不停地砸，一天下来顶多能砸半斤；一块木雕要手持穿着牙签的锉草手工打磨三遍以上才会有圆润细腻的岁月感；古字画修复揭命纸有时靠指搓，一幅画揭一两个月，过程枯燥，只能拼耐心；临摹一幅画的周期是一年起，一个临摹师一辈子临不了几张很成功的作品……手工艺是时间的艺术，修复师的世界安静而诚实，双手与心的创造，流露出的不只是高超技巧，还有人手的温度，心的高洁。正心诚意才能做出正确工艺，格物致知深入物的本质，当匠人的本真与物的本质相遇，物我两忘，日复一日，修缮文物，擦亮器具的过程中，他们自己的面貌气质也发生改变，仿佛有什么在他们身体内部也被日复一日地擦亮。他们沉入工匠无名无我的广阔的时空中，面目变得沉静，在此时空中，个人变得渺小，但以另一种方式接近永恒。

铜镀金鹿驮转花变花钟

王津口述：修文物是与前任工匠的对话

故宫里的钟表修复从清代传下来一直没断。因为钟表一直在使用，皇上被赶出去了，维修保养的人还是要有，所以徐文璘老先生一直在。他儿子是徐芳洲，在东华门开着一个修表铺，解放后跟着父亲也进了故宫。我的师父叫马玉良，是从故宫警卫队转过来跟老先生当学徒的。

我爷爷在故宫图书馆工作，1973 年奶奶去世后，我跟爷爷一起生活，照顾他晚年。1977 年我十六岁，初中毕业，那会儿毕业好像还是要上山下乡，就去插队。10 月份爷爷去世，院里主动找我们，看你比较小，干脆办个接班来故宫上班。

小时候我很少进故宫，爷爷不让。送饭就送到北门，他出来接。那会儿老人和现在不太一样，故宫里的东西进来怕说不清。故宫重新开放后，那会儿跑故宫比较多，替我爷爷取工资，报销医疗费，上医务室拿药，一个月至少也得来个两趟。但最多就到图书馆，或者北边医务室。没什么心旷神怡，真没那感觉，觉得故宫就是一个单位。

上班前各屋转了转，当时钟表组人最少，遮着帘子挡西晒，屋里暗暗的，就马师父一人。跟师父聊了聊天，给开了两个钟表，问喜不喜欢这一类的，我说喜欢，他说那你就回家等着。后来就来这屋了。那会儿不太懂，感觉别屋人都挺多的，木工室一进门六七个人，地下全是刨花，感觉没有下脚地儿。钟表屋安静。我是有点喜欢安静，你想一个十几岁的小孩跟一七十几岁的人一起生活，受爷爷的影响挺大。

基本第一年都是拿非文物练习。那会儿我们各个工作室都有一个小座钟看时间，钟坏了帮着修修，或者拿非文物的钟表练手，拆拆装装，里面怎么回事，谁挨着谁，怎么拆怎么装的，就是练个手感。慢慢熟了，第二年开始能接触文物类，也是比较简单的，拆完以后找问题，为什么不走啊，是齿轮间隙磨损大，还是说齿轮有弯齿或者弯尖，基本就是这类。有大活跟着干，打下手。修理这东西师父也没法说这个应该怎么干，那个应该怎么干，关键还是自己动手，自己体会。他不会主动把我们叫过来教，说跟动手是两码事，听完以后不如上手干更直接，练得更方便。

马师父 1932 年出生，我来时他是四十五岁，一直跟到 1992 年师父退休。师父对人要求挺严的，也不爱说话，工作时间都没什么交流。他人很正直。我们八点上班，师父七点半就到了。他来了可能先在这屋里巡视一圈，看看我们的工作进展，他虽然不问你，"昨天给你一活儿你干到什么程度了"，但活儿都在桌面上摆着，师父能看到。我们是一个活儿利索了再干一个，这个弄不利索，那个也别沾。我觉得他肯定心里有数，比如我说活儿干完了，"那行，差不多了，搁那儿吧，再拿一个新的活儿。"心里要没谱的话，他会说"你干到什么份上了，成不成啊"，肯定要问一下。所以说我觉得早晨我们没来之前他肯定就转一圈看过了。现在也一样，比方说是亓昊楠干的什么活儿，我有时候过去转一圈，我也

古代钟表修复技艺

能感觉到他干到什么进度了。都是同行，能看出来。

下班的时候，老师傅不洗手，我们也不敢洗。原先这儿有一个盆架子，每天必须把这个水给打好了，洗手水。差一刻钟十二点，一打铃师父洗手，洗完手就下班了。师父先走，我们锁门、关灯、断电什么的，基本就差个五六分钟再走。肯定师父先走。哪能我们先走，师父关灯锁门？打水必须得是徒弟打，哪有师父去给你提水去。家里没教，就是习惯，觉得就是这样，一个传统。也没人说过。你看亓昊楠早上来得比较早，到这儿把水都打好了，就是这样。

那会儿师父给你一个活儿，你老干不出来不成，着急。有什么问题自己先琢磨，实在琢磨不透再说，一般情况下不敢轻易地问，一问，这么简单的问题你还不知道，不是招师父说嘛。

基本功包括自己做工具。每天弄点铜丝，粗的细的，锉销子什么的，也是练手感，让你掌握手工工具。现在外面有现成销子卖，我们还是手上锉。不爱用外边的。手工的做出来方便，而且也快。锉销子很容易，打一个钢贴儿，锉一个斜的，然后一削。现在有用车床削，我觉得还是手工的更好，车床弄这儿下，还得找准，劲大它就弯了，还不如手工快。你看我们桌上，桌沿加装一根竹条，就是为了锉东西。

修复钟表流程，第一步先做记录照相，拍下原始情况；第二步除尘；下一步拆解；第四步清洗，清洗当中看看有哪里需要修的，需要补的；第五步，修补；然后是组装，一步步调试，恢复它的部分机能，最后再整体组装。要一步步的，底层中层上层，最后总体组装咬合。

宫廷钟表都是特制的，恢复演艺功能是最难的，因为它表演功能多，稍微差一点都不成，没法凑合。有的东西差不多就行了，这钟表的东西差一点儿都不成，本身比较精密，你差一点儿，你要糊弄它，到最后肯定给你搁这儿了，转不了。这个从底层开始干，就是精细地一步一步往上，最后出了问题你还好找点，要是说底下就想凑合的话，将来它给你处置。

难度比较大的，我觉得还是前几年修的魔术钟[2]，东西不是特别大，六七十厘米高，但是结构紧密，又表演又变魔术。据说原来提出过修，后来没修，是赶上“文革”了还是什么，又退回库。听老师傅说那东西破得比较厉害，时间长了。2007 年跟荷兰合作，荷兰看见它想展览用，我就给它提出来，修了小一年。

当时荷兰也参与修，他们修的是比较简单的，几个小的，我们这个魔术钟他们没参与。一开始也想修，小道消息是他们想请俄罗斯专家修，俄罗斯人开价比较高。而且那会儿也没决定让他们修，因为这种复杂钟表很稀少，他们拿走几件小东西，像升降塔钟，故宫升降塔挺多的，魔术钟有代表性，我觉得还应该咱们自己修。

它一共有七套传动装置，走时一套，音乐一套，鸟叫一套，开门一套，底下联动变魔术一套……每一套，都有自己的运转模式，这七套还有一个联接，不能说这门没开就开始变魔术，应该是门打开同时变魔术，开这个碗，出什么样的球，什么情况下，中间碗一开，小鸟飞出来，都是要有时间联动性，错一个都不行。

开始修时，也没有图纸，一步步拆下来一大片东西，拆得挺散的。发条不行了，配儿盘发条；表演的小鸟什么的，里面都坏了，有的杆都是折的，接起来；小鸟交换的气囊全糟了，虫子打烂了，从荷兰买皮子，重新糊。当时咱们国内还没有这么薄的皮子；里面那些小气门都是重新做的。

调试最费工夫。这么点小地方里有四个东西在互相变，这个起来那个上来，差一点就互相打起来，一打架就卡那儿出不来了。还不敢轻易下手，不是说觉得不合适就调，动错一点，将来恢复起来更难，所以必须看准了，才能调试。

整个修复花了将近一年时间。没有修不下去的时候，就是难点，就是慢，一点一点琢磨，干时间长了，性子也就磨出来了，你越急它越不转，以前师父说急了就别干，你再干有可能还出娄子。上周边转转，安安心，接着干。所以在这儿最大的基本功就是耐心，坐不住的人干这个比较困难。时间长了，要是喜欢，再急的性格也能磨出来。

建院九十周年展览，我们挑了一对儿乾隆时期的大型钟，这些钟一直在库房里搁着，一百多年也没有修过。按原设计有五个面，底下跑人，正面是两层的四开门，第一道第二道门打开，里边有转花表演，中层以上有十几只小鸡翅膀拍动，还有一盆水，水上面有一只鸭子在游，然后两个小水溪，一只大鸡带着一些小鸡在捡食，中间自开门跟底下是同步，打开后这个人在纺线。挑它也是因为观赏性比较强。

机芯打开一看，可能是皇上身边的工匠修过，没修好，零件拆完以后又合上了。里面又是尘土又是锈，零件全是散的，还有些坏了。好赖他还不错，给你扔里头，没有拿出来搁别地儿，那缺几个件修起来更麻烦了，这个基本没有缺大件，个别的轮坏了，你还能补能修，四周也比较严实。这么多年搬家、调库什么的，零件也没掉出去，底下要有镂空，零件掉出去两三个小的，那修起来难度更大了。

这次修我们就是从底下一步步修的，发条断了，新配盘发条。调和齿轮也不行。这个钟所有零部件全坐落在木板上，当时欧洲可能空气潮湿，不像北方这么干，这木头经过一百多年二百年热胀冷缩什么的，变形挺厉害的。有的齿轮咬合也就是两到三个毫米的量，那木座一变形，就达到五六个毫米，修复起来，也是挺难的。目前调合适了，但是就看看伏天有什么变化。

过去修大多是为了展览，都挑外形完整，缺失较少的修。你想经过建国以后，成立科技部，包括前面老先生们修了七八十年，外形完整的基本都修完了。现在为什么修的时间越来越长，因为挑不出来好的了，说实话，越来越破；最近这几年没太多展览，时间比较充裕，就进行抢救性修复，都是挑外形破损，机芯复杂的。这些东西锈损得越来越厉害，再不修复，越往后修起来难度越大。从破的开始修，将来就能越修越容易。

文物修复必须有参照物，不能创造性修复。如果是一对儿钟表，可以相互参照，缺什么可以配。没有确切参照物，外形缺就缺了，零件坏了就自己修补。我们不会轻易说一个零件“坏得不能用了”，比如这齿轮，这个尖断了给它补一下，断几个补几个，这一个尖0.3毫米，不算特别小，有比它还小的。如果所有齿都掉光了，那我们就把轮片摘下来换一个，保留轴承，这就是最小干预原则。如果因为尖断了、齿折了就换一个新轮，这是不允许的，换个新轮搁上就不叫最小干预了。因为这是原件，换的是新的啊。

郭（福祥）老师说我修过写字人钟吗？哦，那是瑞士的写字人钟，那里面的人写出来的字儿是英文。当时瑞士在北京办一个活动，钟摔坏了。他们有修复师过来，但可能时间紧，晚上发现，第三天早上就要用，就请故宫帮一下忙，地方在金融街，离我家特别近。那时晚上十点多了，我从家过去干了半宿，损坏的小零件做了做，第二天中午又去，弄到晚上十二点。

其实也没什么，它有一个链断了，不够长。我说你干脆摘掉这个，买根 0.5（号）的钓鱼线。那个线粗细合适，韧性好，力量够，新闻发布会能用。救急你没办法。它应该是这种链，这种链我们故宫有一些，不多，不能给他用呀，两码事。只能拿这个代替一下。他也同意，他说行，达到效果就行。

用民国的纸币代替羊皮补气囊，我们师父那一代就用。那种纸币韧性好，比纸要强。后来我们发现前人修复中也有拿那纸币粘的。那种羊皮是国外做的，挺薄，跟纸似的，国内没有。这些都是没有办法，（零件）没有啊。现在我们钱（纸币）也没了，也没法用了。

修文物是跟古人对话，他们那么说，我也没有什么太大的感觉。但的确感觉跟历代修复过它的工匠有交流，你打开一个钟，你能感觉到有的修得很敷衍，有的做得非常细。这人手艺怎样，活糙活细，有感觉。可能很多钟上一次修都还在清朝。包括桌上这个钟，它上一次修是什么时候？解放后修过的钟肯定不会损坏得这么厉害。距离上次修应该百八十年了。

我一共修过多少钟表不是很确切了，一年平均七八个，五六个。大型的，一年也就一两个，还有小型的，估计怎么也得有二百多件三百件。

故宫的写字人钟我没修过，师父修时我们看了一眼。它写出来的毛笔字还带笔锋，比有的人写得还好。据说现在写不了了，可能有什么问题。我当然想修了，谁不愿意修没修过的东西。但它还在展览，除非换展或改陈。据说好像有那种想法，可能会在屋里搭个玻璃房子，达到恒温恒湿，现在那个殿太高，防尘啊、恒温恒湿啊不好做到。如果改陈的话应该有机会，这些钟表展了几十年，应该做一个保养。

修好一个特别复杂的东西的心情？原来你不知道它什么样，修好恢复功能，看到它的表演原来是这样，心里挺有成就感。别人知不知道谁修的无所谓。可能一辈子就这一次，这东西修好了，搁库里，或者将来展览，再想这么大修不太可能，有的人一辈子赶不到一次。像章一类的，上代人修过，下一代人你就没机会干，因为百八十年的东西，不见得让你再过手。一个人在这儿能工作多少年，我们干得早的也就干个四十年，这件东西修完了四十年之内还能再修吗？不可能。咱们现在保存环境那么好，恒温恒湿，展览也就摆着，不像过去皇室天天玩，玩坏了，那咱们再修。现在保护得这么好，很少有机会再动，动也就是简简单单地上上弦，演示一下，或者有点小毛病，简简单单地修，简单调试一下，不会彻底修。我觉得修好一件东西的机缘很复杂，不是人人都有这个机会。有的人这一辈子能赶上一件，有的人一辈子也不见得修得上。现在这库里还有好多待修的，一直没动，上次修，可能还是清代。

“故宫男神”王津说：做自己喜欢的事，是有幸福感的

王津和徒弟亓昊楠

1979年故宫进来一批年轻人，我们经常一拨人，王有亮、杨泽华我们一起，中午吃完饭急急忙忙骑车去游泳。荷花市场原来是游泳区，前海西岸底下那一大片，一直快到小岛那儿，底下是水泥的底儿，那是游泳池，体校也在那儿游泳。买张票，那会儿是二分钱，后来五分钱，上了岸有个大喷头，露天的大水管子，水管子全是眼，一开就喷水，跟洗车房似的。夏天游泳，冬天滑冰。现在我还有冰鞋呢。那时候站在银锭桥能看到西山。我们家窗户那儿，往西边一看也能看到西山，现在好天儿的时候还能看到。

2016年5月份跟我爱人旅游，在多伦多一个老城广场上，有两个小孩，留学生，直接就走过来问，您是那故宫王老师吧？这么老远还有人认识我?！网红什么的我真没感觉，只不过可能在街上有时候被认出来了，那也只是对这个片子感兴趣，可能对这种工作环境还有节奏感兴趣，喜欢故宫里面的东西。对我来说，每天坐这儿一上班还是跟以前一样。

微博我没有，他们年轻人都开微博。开了以后，你说老不理人家也不合适是吧，天天老看，耽误工夫，眼睛也难受。前年体检发现眼压高，上限24，当时25点多，“青光眼，你去查吧”。后来我到医院查了查，医生说还行，问题不太大，现在又到20了。现在我比较注意，不太敢那什么了。我习惯左眼戴放大镜，还真是左眼眼压高，换右眼不习惯。

从十六岁开始，我在这屋待了三十九年了。科技部这些老的工作室，基本都是在老地儿，一干就几十年，都差不多。离退休还有五年多点，干这么多年了，如果真哪天退休了，到时候想干应该还可以干的，故宫的老师傅退休以后好多都返聘。几十年了，有感情。

我带了一个徒弟，小亓，来了十年，现在干得也不错了，再有新人就他带了。干十年经验挺丰富，现在带徒弟应该没问题，我们这个慢慢就传下去了。

注释

1. 写字人钟，英国工匠威廉森专为清宫制作。十八世纪作品，钟型为铜镀金四层楼阁，底层的写字机械人是此钟最精彩、结构最繁复部分。写字人为欧洲绅士装扮，单腿跪地，一手扶案，一手握毛笔，将毛笔蘸墨后开动，写字人便在纸上写下“八方向化，九土来王”，字迹工整有神，为故宫藏品中的扛鼎之作。——关雪玲《日升月恒——故宫博物院藏清代钟表》，紫禁城出版社，2009年。

2. 魔术钟，瑞士十九世纪作品，钟型为建筑式样，建筑内有变魔术表演，上满弦后音乐起，门开，桌后坐一持杯魔术师，桌上放一盒子，魔术师点头眨眼作说话状，拿起杯子，扣上再提起时，左侧杯下有红珠子，右侧有绿珠子，扣上再提起，红绿珠子位置交换，然后再变小鸟失踪。表演同时，屋顶圆球旋转，球上站立的小鸟展翅鸣叫。此钟以七盘发条为动力源，各组机械通过拉杆联动，设计巧妙，结构复杂，显示出极高的设计制作水平。——关雪玲《日升月恒——故宫博物院藏清代钟表》，紫禁城出版社，2009年。

贰

铜器室

修复的是国之瑰宝，
态度是轻松日常

“我修过的文物，我都喜爱。你必须得喜爱，要不喜爱，你就对它不珍惜，干出的活儿也不会太漂亮。”因为《我在故宫修文物》，故宫铜器组现在的非遗传承人王有亮也意外走红，接受媒体采访时，他拿出一张近百年的“传承谱系图”，向媒体讲述故宫青铜器修复从清代“歪嘴于”起至今的师徒传承故事。

他近几年修的一个重量级的文物是春秋蝎形纹青铜卣，碎得厉害，几乎都是蚕豆大小的碎片，“就一点一点弄，费了挺大劲，跟师父学的所有的招数都用上了。”王有亮今年五十二岁，自己早已是位师父，在带徒弟，走到哪儿都是受人尊敬的青铜修复专家，国家级非遗传承人，但他仍然不断提起他的师父，自己手艺的源头。这是个自我的时代，许多人略有所悟就自立门户，展现“我”的聪明及努力，而王有亮的态度里有种笨拙的老实、老实的谦逊，这种风格里有传统文化的气息，隐隐让人想起一个在当下已经“过时”的词——“尊师重道”。“尤其在过去的民间社会，不读书，不进学校，自由从师学习百工技艺为专业的人，终其一生而‘尊师重道’的精神和行为，比起读过书，受过教育的人，更胜一筹。”（南怀瑾）

做派谦逊，但手艺漂亮，修复的是国之瑰宝，态度是轻松日常。轻松来自大量的经验，“反正干我们这行别偷懒，你干得越少越不行。就得多干，你没悟性的必须得多干，才能找出这个感觉来。”

故宫收藏青铜器一万六千多件，是中国青铜器藏品最多的博物馆之一。中国的青铜时代，是中华文明的一个发源时期。最早青铜器的出现，即历史上传说的夏铸九鼎，也恰恰是中国进入国家阶段的标志时期。许多制度、思想，都是在青铜时代逐渐完善。中国被称为礼仪之邦，“礼”指的是周礼，周礼的一个重要的标志物就是青铜器。青铜器不仅承载了中国的文化，也承载了中国在国家制度化建设方面的理念，所以青铜文明一直受人尊崇。而成组合的具有“藏礼”作用的青铜礼器体系，也是中国青铜文化有别于其他民族青铜文化的突出特征[3]。

铁器时代到来，在一些领域，青铜器逐渐被铁器替代。但是帝王们没有忘记作为王权象征的青铜器，历代宫廷都有意识地收藏先秦青铜器。汉代独尊儒术，儒家思想在中国思想领域地位确立之后，人们对青铜器的回忆更加强烈。到了宋代，国人对青铜器的态度从盲目崇拜逐渐变成系统研究，金石学兴起。其中，宋徽宗起到了推动作用，他自己收藏大量青铜器，藏于宣和殿。据记载宋徽宗收藏的青铜器有三万多件，后来他将此编著成书，流传于世，就是《宣和博古图》，在它的推动下出现许多金石学家。宋之前，民间发现青铜器必须上交，到宋代这一现象有了改变，学者开始系统地收藏青铜器，研究青铜器。理学家吕大临撰写的《考古图》中记载的大的收藏家就有三十余位。许多青铜器是宋代学者定名，沿用至今。到了明清两代，人们对青铜器的欣赏甚至是仿制，一波波地形成高潮。在此过程中，金石学也在不断地发展。

传统青铜器的修复和复制技术在春秋时期就已经出现，宋代、元代仿制古代青铜器成为风尚，杭州、苏州等地出现了颇有名气的仿古青铜器作坊；明清及民国时期，青铜器修复分四大流派：北京，苏州，潍坊，西安，这与大的社会背景相关。吴地自春秋时候就开始冶炼制作青铜器，北宋时青铜器的仿古技术已达到很高水平。明清时除了宫廷，青铜器的制作最发达当属江浙。有工艺基础，又邻近上海，需求大，形成了一个产业；山东潍坊派与大收藏家陈介祺有关。晚清到民国最大的收藏家陈介祺收藏了很多青铜器，真品秘不示人，需要大量复制品以应付官员索讨观赏；西安是文物大省，出土有大量西周青铜器，青铜器上的文字成为研究重点，所以西安流派注重青铜器文字的修复、补刻、伪刻。

北京是皇宫所在地。清代，清宫内务府造办处内有专门机构负责征召各地能工巧匠仿制、修复青铜器，其技术不断完善，日趋成熟，形成了一套工艺规范的传统手工技艺。晚清，皇宫许多包括青铜器在内的文物流散在外，造办处的匠人也大量迁转出宫。光绪年间，造办处一位专事修复青铜器的、绰号“歪嘴于”的工匠出宫后在前门内前府胡同开设“万龙合”古铜局，以修复青铜、金银、陶、玉石等器物为业。1911 年，于师傅去世，最小的徒弟张泰恩为其发丧，并继承师父衣钵，改“万龙合”为“万隆和”，开创民间“青铜四派”之一的北京“古铜张”派。如今故宫文物科技部铜器室的修复，即是传承自这一支。

1952 年，故宫成立铜器室。古铜张派第三代传人、当时在天桥开古铜铺的赵振茂，经人介绍来到故宫，从事青铜器修复工作并将这项传统工艺又带回了紫禁城。当时的专家还包括长期从事青铜器修复、复制的赵同仁、李会生、孟海泉及景德泉、古德旺、张聚如等人。

从古铜张传人进入故宫后，故宫博物院通过“师承制”的方式培养了一批掌握传统修复和复制技术的专家，先后修复了包括班簋、齐史祖辛觯、司母辛鼎、二祀邲其卣、马踏飞燕等一大批国宝级文物，复制了莲鹤方壶、格伯鬲、兽面纹觚、兽面纹瓿、鸢祖辛卣、西周牛尊、西周

荣簋等一系列重要文物。

马踏飞燕和班簋是赵振茂领衔修复的两件重器，后者原是清宫旧藏，后流落民间，去向不明。“文革”期间，许多古铜器被送往炼铜厂回炉重铸。为保护文物，由北京市文物工作者组成的“文物清理拣选小组”负责到各废品站、铜厂“寻宝”。1972 年的一天，文物清理拣选小组来到北京有色金属供应站，正值中午，一个盛满废弃铜铁麻袋中的一些碎片吸引了在场人的目光。其镌刻的铭文以及表面的饕餮纹饰都与西周的青铜器不谋而合。专家程常新先生鉴定它是西周班簋，并送往故宫博物院文物修复厂修复。

此时的班簋已经支离破碎，底部破了一个洞，且变形上翘。但大部分纹饰得到保存，特别是腹内铭文，只是因底部出现孔洞而残缺，修复难度很大。赵振茂用锡补平，并根据《西清古鉴》簋铭拓片，经过整形、翻模补配、修补、对接纹饰、跳焊焊接、钢錾雕刻、除锈等多道程序后终于将其修复成器。如今班簋已是首都博物馆镇馆之宝。

青铜器的修复，包括两个范畴，一为修，一为复。修，就是保护性的修理、复原；复，是复制。在博物馆，复制是一个重要内容，许多珍贵文物国家会有严格规定，甚至不允许离开故宫，所以需要有惟妙惟肖的替代品。

故宫博物院中，春秋时期的复制品里最精彩的是莲鹤方壶，它出土于 1923 年。河南新郑李家楼村一个李姓地主打井时无意打到墓葬，发现大量青铜器。他试着卖出其中一小批，惊动了驻扎河南的靳云鹗师长，追回被卖文物，另派工兵继续挖掘，出土青铜器一百多件，这当中最出色的当属莲鹤方壶。它形体宏伟，高达 1.22 米，总重量达 64 千克，装饰华美，壶身装饰为虎足龙耳，壶盖上是盛开的莲花，双层镂空，莲花正中一只仙鹤伫立，舒展双翼，展翅欲飞。虽然是用青铜塑造，但造型灵动。这种清新风格，跟夏商周时期，庙堂上的青铜利器不同，后者追求的是庄重、威严、神秘。而莲鹤方壶清新活泼的风格，传递出春秋时期自由革新的精神。

莲鹤方壶的复制品由赵振茂领衔制作，在使用材料上，舍铜而用锡锌合金铸造，以使其重量更接近原件。其表面仿造铜壶的青铜锈，看上去仿如历经时间氧化斑驳的青铜原件。

有些复制包含更高科技含量。比如少虡剑的复制。少虡剑是复合剑，一把剑上用了两种合金。古人在战争中发现，一把剑含锡量高会锋利异常，失之太脆；含铜量过高，则柔韧有余而锋利不足。古人发明了复合剑，剑心用含锡量低的合金，两刃和锋部含锡量较高。既锐利，又柔韧。在古代，这是一把科技含量很高的剑。赵振茂复制的少虡剑，令人感叹这一代老师傅的青铜器修复技艺已至炉火纯青。

挽救国宝的经历，赵振茂的徒弟并不怎么听师父提起，有的徒弟干脆是从别的师傅处听到。即使提及也是从技术角度，口气平淡：“搞文物修复的人，不是说我修完以后，我再给你讲，表现我自己水平有多高。我师父就说这个工作是我干的，哪儿拿来的，怎么修的，我干了哪些工作，他就讲这些。他说你们要有认知。”

修复青铜器，动辄与三千年前的古人对话，做旧要退掉新品火气，做出时间风雨侵蚀感。卓越的工匠工作时不动如山，沉静似水，世俗的

清洗青铜器的液体

喧嚣如水面的涟漪，在日复一日的专注中平静。他们遵守了匠人无名无我的传统，国宝上不会留下他们的名字，参观者也不会知道修复者是谁，他们看似没有追求实现自我，但这令许多人终身寻找的命题，早已经由每一次焊接、每一次上色而暗中实现。文物是历史的浓缩物化，是较个体生命远为广阔的时间与空间，一流的匠人终日跋涉此间，自我消融于这广阔之中，不再需借自我炫耀获得存在感。

老一辈师父的做派变成徒弟们的生命底色，这正是教育的意义。借金石组铜器修复者——王有亮、恽小刚的回忆，老一代手艺人如何带徒弟、如何立身处世、谦逊平和的风貌，点滴浮现。

王有亮口述：
我们永远是修旧如旧

文保科技部以前叫修复厂，1950 年左右成立。铜器室成立于 1952 年，我师父当时是在天桥做古铜器生意，经人介绍来到故宫。

我的师父叫赵振茂，传承的脉络叫“北派修复”，最早的师父叫歪嘴于，他的一个徒弟叫张泰恩。歪嘴于是第一代，第二代是张泰恩，张泰恩再传侄子张文普，张文普收了八个徒弟，其中就有我师父赵振茂。

师父老家是河北深县，现在叫深州。师父十五岁就从家出来当学徒，头八年好像都没让动东西，因为学徒嘛住在师父家里，吃喝什么的都依靠师父，头八年就干了些看孩子、倒尿盆、做饭的家务事。那会儿学徒都是穷孩子。张文普收了十一个徒弟，陆陆续续就剩下七八个，都住在他家。以前都是那种前店后厂，后面住人，前面小铺子收活。因为他天天跟师父在家看这东西，再有点儿悟性，接触铜器后很快就能够独立修活儿了。

1952 年故宫准备进行第一次大的文物整理，清朝那会儿都没怎么动过那些东西，库房里头比较乱，也有坏的，就想在全国招些修复的人员。这么着把我们师父也请过来了。修复厂当时就一个铜器组一个裱画组，还有木器组。清宫败了以后，库房条件不好，民国时期保存的也不是特

上　80 年代，赵振茂在给年轻的王有亮讲解青铜器
下　70 年代，赵振茂与徒弟在复制故宫镇馆之宝莲鹤方壶（左为原件）

别好，所以当时有好多需要修的铜器，他们等于是故宫青铜器修复的开创者。

师父在“文革”前收了两个徒弟，就是我们的大师哥二师哥。后来“文革”上干校，他那会儿就是劳动，因为他也是穷孩子出身，农活他也干过不怕。我们大师哥在干校算队长吧，多少能照顾点儿，他也没有说

青铜器修复师王有亮

遭大罪什么的。从干校回来后，全国各地招了有十七八个学员，跟他学了很长时间，这帮学员回去后都是全国各博物馆修复行业的骨干。

我是1983年进的故宫，那会儿我十九岁。

八十年代，国家文物局跟鼓楼中学联合，办了一个中专性质的文物职业班。我当时觉得考大学比较困难，报这个班学了三年，学完就分到这儿了。我们学的专业也挺多的，包括字画、青铜器修复都有，国家博物馆的傅金凯先生给我们上过课。说实在的青铜器修复这个专业，我考的分是最低的。真的，没想到后来我能干这个。因为当时主要是学习理论，没接触实物，就是光凭理论。

师父是1916年生人，我们来的时候，他应该是六十五岁，其实这中间是有点儿断档了。他也觉得这一代隔得有点儿长，所以也挺用心教我们。等于我们是最后一批跟赵师父学的，也是跟他学的时间最长的。我们跟师父共同工作了七八年，一直到他七十二岁，腿不利落，才不来了。

本身他人保守，因为他学这行不容易，遭过很多罪，不想轻易教，可是我们来的时候厂长领导们都带我们过来，说你好好教教，这些孩子都不错。我们没有正经地拜师，按过去老理儿正经仪式得师父坐椅子上，然后领导在边上，还得讲话，那才算。工程队那边弄过，瓦工队儿木工队儿那帮，他们给师父还得磕头呢，九十年代工程队还有这个仪式。我们这边没有那特正规的，可是师徒之间写过协议，裱画这儿有仨人写过，我跟高飞写过。核心内容就是一年之内你必须教会徒弟怎么着怎么着，徒弟尽力一年掌握什么什么知识，一式两份。这就等于确定了你俩的师徒关系。

我们刚来的时候那根本闲不住，没有让你坐的时候，真正让你坐的时候那就是磨你性子了。最开始是打磨复制品，那时候博物院和英国一个工艺品公司签了三年合同，做青铜器，三十二种，一种要做五十件，量挺大的，从翻模到铸造到成品都是我们做。

我们新来的主要还是打磨，就是累活儿，因为技术含量低。说实在也不低，铸造完以后铸件表面有一层硬壳，氧化壳，必须把氧化壳磨下去。只能手工，那时候什么手枪钻都没有，就是用“两头忙”。你看我这儿还有这个，这钢锉叫“两头忙”，两头都能用。

最开始，有时候锉一个礼拜还锉得到处都是印，使劲大了锉深了出沟出道，连里面铜底子上都是道道。有道道得拿砂纸磨，反正就是一礼拜也出不了一点活儿。打磨练了有三四个月。第二年开始有手枪钻，有磨头，用机器基本一天能磨一件出来。最初师父反对使用机器，他的概念里打磨是练我们的手劲。但是当时大批量给人家做，有一个时间限制，用机器快嘛。我磨了两年半。

然后是做旧。这是复制青铜器最关键的，因为您磨出来多好看的东西，没有锈就没价值，它就是一个铸件。师父不会告诉你该怎么做，让你自己做，都是他那些材料，你看着材料就照猫画虎地去学。师父特严，不合格他不收。你自己感觉做得挺好的，他也不收，“再凿吧凿吧”，反正还差点儿。就逼得你主动要去想，你不想就出不来。

我刚来的时候活蹦乱跳的，就是让师父给磨的性子，真急不来，这活儿你必须是一点一点弄，着急出不了活儿。真的说一个色调不出来，你一琢磨两天也挺磨性子的。比方原件是绿，要照绿色去调吧，您可能没有觉得，这绿里头有绿有白有黄还得有黑，您可能没觉得这里头有黑，可不加黑就出不来这个色。这个其实靠自己悟，师父不会说，都是“看着弄”。弄对了自然就对了，没特高兴地夸过谁，觉得你这个好就一点头，收了。没有说你做得真好什么的。

以前老师傅带徒弟好像都是让你自己去琢磨，不会主动教，要想学就是偷学。所谓偷学，就是他做的时候你得瞄着看怎么弄。现在是主动教，生怕你不听。这怎么说，说实在的现在年轻的咱也不能要求太高，年轻人他不跟你调皮捣蛋就可以了，能踏踏实实跟你坐这儿就可以了。让他跟我那会儿似的受管教，你连自家儿子都没法管，时代不一样了。

这真的还是年代的问题。传统的老师傅教人跟现代的不一样，是另外一种思维。反正你自己悟的东西你印象深。可是有一点，我们师父对这文物特别在意，敬重。他交给你一件文物他也心里琢磨你能不能修好，而且在这当中，他看到这文物有危险或者是可能有，他眼睛厉害啊，他接触东西多，可以看出来这腿儿是焊过的，他立马提醒你，这个地方你一定要注意。然后，真正说你做颜色的时候，反正就这颜色盒这些颜料，你把颜色盒弄干净了都放好了，剩下就不管了。问他不轻易回答，师父，这个色应该怎么弄？“琢磨去！去慢慢弄！”

做旧做了得有一年吧。它其实就是一个大量重复的经验的一个积累。还就得靠你自己悟，你的悟性到不了，师父把着你手做都做不出来。师父给你本书也没用。自己体会的东西跟老师手把手教的也不一样。

印象深的师父的绝活，一个是化学方法做复制品，另外就是师父做旧，全国第一把，那做出的旧真看不出来。现在我们库房还存着他做的莲鹤方壶，做得比真的还好，到现在颜色一点都没变。

后来跟英国的合作任务完成了，复制我们也都会了，就给你一些文物。等于你练过复制品以后这手头上有准了，再修文物你手上能有把握。就一点一点这么去做。那会儿文物坏的也多，库房的东西也多，不像现在，现在真正坏的铜器不多。因为已经大规模修过，而且真正清宫旧藏的铜器也没有说特别坏。你想皇上喜欢的东西他也是在意的，不会说轻易地瞎扔什么的，保存得还好。

时间长了，工艺这一块的步骤和方法，基本上能学到了，可是有些尖端的东西还是没学到，比如说我们师父做旧，都是用化学方法做锈，我们到现在也没完全学会。现在我们也能做也会做，但是做得没他那么好。比如做闷锈，我们闷的就是一片，等于这个锈就是一片一片地上，你控制不了，我们师父做可以留地子[4]，所谓地子就是最底下一层亮的那个表面，锈是锈，地了是地了。

七十岁后，我们师父改脾气了，就老小孩了，到后来越来越觉得和蔼可亲。他本身就是一个笑模样，老了以后，花白头发不拘小节，胡子拉碴的天天跟我们聊得还挺热闹。有一件事他爱挂嘴边上，就是 1955 年文物大清点，请了十二位专家包括大人物唐兰来鉴定，清点鉴定一下青铜器。不知道是什么人给我们师父叫去，说你是修复的，可以参与一下。那会儿他还很年轻，人家岁数都比他大。有一件铜器，专家都说这是真的，到他这儿说这是假的，那专家能饶了你？我们都认可这是真的，你凭什么说是假的？师父说我说假的就是假的。然后那专家说，小同志，

80 年代铜器室师兄弟合影（中为王有亮）

说话要注意啊，别那什么。

后来我们师父真给气急了，拿了一个开水壶，“哗”就往那东西上浇，浇完了漆皮子就崩了。那是后来做的。是不是他做的我忘了，反正他在天桥时见过这个东西。然后我们院长特敬重他，给他发国家特殊津贴，还聘请他加入文物鉴定委员会，工资那会儿就能拿一百多。我们八十年代来的时候才挣三十块钱，五十年代他已经挣一百多。那时候二十二级干部好像才挣四十二块多。他们这几位老师傅比修复厂厂长和故宫副院长工资都高。

中午他在这儿休息，爱喝两口，倒那么一两半花生米在这儿吃。他都自己带饭，这儿有炉子，我们打酒来，笼火，大蒸锅把饭熥上，到十一点半他吃。我们一般都是饭堂，这儿不是有饭堂么。赵师父比较节俭，饭堂的饭他觉得贵，或者也不是觉得贵还是吃自己的舒服。对，他那时候工资一百多，挣得多，他也不舍得。赵师父对钱狠了，一分钱都不乱花。他过苦日子过惯了。

马踏飞燕是我师父修的，好像刚出土就送到我们这儿来。碎了好像是，主要是腿，因为它身子比较厚，几条腿比较单薄，主要就是腿损坏了。拿过来以后，师父不知道它是一个什么形状，而且它损坏了以后断口都有锈，对茬的时候就不会那么严丝合缝。所以，对形费了劲。后来沿着断茬给焊上了，结果这个马立不起来，它一条腿是落地的，它老歪。我师父就琢磨，突然间发现，过去铸造时腿里头有矾土，碎了以后矾土流失，它就成空的了，空了以后重力不对，然后往里填了矾土。焊完就能立住了。力道掌握得非常好，就这一点平衡。就说老祖宗还是有本事。

现在甘肃省博物馆还展，展厅一进门就是这马踏飞燕。

这个修好了以后，他也没有说觉得自己多骄傲，就是修好一件文物心里肯定非常有成就感。

我修过的文物，我都喜爱，你必须得喜爱，要不喜爱，你就对它不珍惜，干出的活儿也不会太漂亮。要说有名的就是莲鹤方壶。莲鹤方壶是一个墓里出土两件，有一件在河南省博物馆，有一件在我们这儿。后来他们办了一个展览，叫姊妹篇。我们这个呢，并不是损坏，它在出土的时候修过，修过以后呢它又开焊，耳朵掉了，以前修的地方又重新开裂，这么着我和我们这儿一个同事，我们俩给修好了。

还有一个故宫从湖南收的青铜卣，是个提梁卣，可是呢，碎片里面就没有这个提梁。反正那碎得挺厉害的，整物应该是30厘米见方，直径30厘米大小，然后碎得都是跟蚕豆那么大小，就一点一点弄，费了挺大劲，跟赵师父学的所有的招数都用上了。

开始是有点发怵，可是师父那会儿就把所有的工艺和手段都教给你了，就是按照这个步骤一步一步来。修完以后，感觉比较难的是拼接和做锈，我们行话叫做旧。这两个工艺难度大一点。拼接就按照程序来，按照它碎片上边的花纹、颜色，还有它的薄厚，比对这些特点，给它衔接上，就这么一点一点地拼。拼了四五个小块，然后给它连接成一个大块，最后就是拼了有六七组大块，然后整体再给它焊接上。修复花了小一年时间，别的活儿好像没怎么干，几乎天天都做这个。

碎成这样，如果说让你来修复，这件器物肯定是重器。后来我听业务部门跟我讲，这种花纹的提梁卣，全国可能也就一两件。蜥蜴纹饰很少，青铜器上一般都是饕餮纹，这个你说是蜥蜴吧，还有些变化，就是跟小蛇似的，就是变种。我们院里头没有这类型的器物，修好了等于我们馆里头也添了一件好东西。

要说最难，哪一步都难。你整形，钳工那点活儿也得会。变形了，你得给它正形。它是旧的，你正不好它就会裂，你对它又不能造成损坏。拼接，相对来讲，拼接跟做旧这两道工序是有一定技术含量的。拼接吧，一大堆碎片，就跟小孩玩儿那拼图一样。拼图它是规整的，是标准件。你这个它都是不标准的。做旧呢，你要不学个三百、五百的话很难做好。做旧这个难度在哪儿，比如说一件器物，你看它是绿锈，它绝对不是纯绿，里边多少是有黄的，有红的，有各种颜色，就跟画油画似的。这当中师父教也教不来，他说了，这里边欠点红，你弄吧，你添多少，你怎么抹都不对，那色怎么都不对。就得靠你感悟，你的经验。不会做的时候，恨不得俩星期你调不出一个色来，着急，天天着死急。然后呢，就是等你经验够了以后，你再去做，那就是手到擒来。

做这活儿就害怕慌，着急。必须得把性格磨没了，没有棱角了。干我们这行别偷懒，你干得越少越不行。就得多干，你没悟性的必须得多干，才能找出这个感觉来。

我现在也带一个徒弟，高飞。我不像我师父那么严格，可是高飞他自己就能明白。我和高飞关系特别好。主要是互相的，他做得也好。组里边也就这么几个人，有什么事儿都得互相帮忙，互相做。

的确，现在愿意踏踏实实坐下来学一门手艺的人，不是那么多，因为现在各行业也多，不是非得干这个。再说现在各种什么电视，手机上网微信一大堆。他没必要为工作犯愁，因为太磨性子了。那会儿我们磨那个复制品，真就是一天就是在那儿锉，就是拿砂纸在那儿磨，到最后磨得手指头连指纹都没了，就全是茧子。你不干，反正你就没工作，你再找一别的也困难，就这么坚持下来。

不光我们这个行业，现在好像非遗的项目都是牵扯这个问题，就是断档，年轻人不爱学。你包括这个珐琅厂，珐琅厂好像年轻人也不多。我们通县那个花丝镶嵌厂，也都是一些老人在干，年轻的也都没学。这是一社会问题，我也说不好。

我进来时这个组叫铜器室，现在叫金石组，因为什么，我们院藏这

上　碎成几十瓣的青铜卣
下　修复后的青铜卣

些铜器，在我们师父那一代，修得已经差不多了。改成叫金石组，就是包括金银器、珐琅，所有沾金属的我们都修。以前还包括陶瓷、玉的都修，因为那会儿科室少，现在是分得比较细了。

文物修复必须有参照物，如果是孤品，除非找到历史性文献资料才能修复，凭嘴说绝对不敢动，必须有文献资料，还得专家认可。跟专家组必须沟通必须确定，这不能轻易地动。

具体到铜器的修复，就是按照传统修复工艺，恢复原貌。锈分好锈、有害的锈。锈基本上都是好锈，只有一种粉状锈是青铜病，这东西应该是含氯，能让铜器酥成粉子，而且它传染，这块儿长了那块儿也得长。这种锈一定要清除干净。

现在用的修复的技法，跟传统相比，理念没变，我们永远是修旧如旧。工序、工艺我们几乎没有变化，可是工具和材料在变。开始我们用的树脂特差，调出来的胶是黄的，时间长了变色。现在的胶都是透明的而且时间再长不会变化。现在材料比以前好，各种工具也多，方便多了。

文物修复有一个"最小干预"原则，包括修复的地方跟原件要有区别、有可识别性，这是意大利和日本搞的，叫《威尼斯宪章》，我们倒是不反对你们国家怎么修。意大利那儿修的我们也看了，我和我师哥我们一起去过，它那儿雕塑多，只要能立着，胳膊缺了不配，维纳斯缺了不配，搁咱们这儿的话我个人认为还是不好。如果你有可参考的资料依据你就配上，还是完美的一个再现。可是他们就是有资料他也不配，就说你弄上去不是原来的东西了，他就是那么一个概念。然后色还不给人家做好了，就是故意。其实搁我们来讲等于手艺忒差了，等于你做不出来你才……咱们不能挤对人家，我们就说我们的想法就是修复得越看不出来我们才认可，这是你的手艺。让人能看出来，那太简单了，那活儿还不好干。有个教堂是地震了还是什么，神父像碎得一塌糊涂，又贴回去了，贴回去多少把眼睛得随上吧，他给你漏白，眼睛是白的还有裂缝，多难看，人物首先要看眼睛，你多少给它勾勾。

我们这行，对一个人手艺的最高赞誉是恢复原貌，就等于你所做的让人看不出来。一件青铜器碎一百多片，别说什么了，光焊接上面全是道子，跟蜘蛛网似的，所有焊锡多了得去，少了得补，然后颜色跟两边随，得让它看不出断茬儿来，我们必须这么做。

现在是自由选择，而且是每个组都不一样，院长没有说非要怎么着。你比如说木工他们有他们的师父，有他们的传承，有他们那个非遗的项。钟表有他的非遗传承，裱画也是，如果要是说你们师父变了，你老师父要是变了你们爱怎么变怎么变，跟我们没有关系，我们这儿是必须遵循我的传承。我是这么想的。

关于故宫，作为一个北京人我小时候也来过那么一两趟。这是好单位。那会儿找工作也不容易，觉得有份差事先干着。等真的来了以后，循序渐进地，慢慢地才找着这感觉。尤其是你修好了一件东西以后，自然有一种成就感。就喜欢上了。

刚来的时候我十九岁，活蹦乱跳的，年轻都想玩儿。那会儿中午回不了家，然后夏天就筒子河、什刹海游泳什么的，赶紧嘁里咔啦吃两口

休息时间，王有亮会骑上小车到宫外抽根烟

文保部不能随便用电，打水是每天上班第一件事

饭就去游泳去。冬天这不就结冰嘛，这个筒子河边上都有住家，然后还泼水把冰泼平了去滑冰。

那会儿北京车没有这么多，骑自行车也都特舒服，那时候道儿还窄哪，真没有现在这么乱得慌，骑着车在胡同怎么飞骑也没事。现在上班我骑电动，因为我离家距离合适，牛街南口，骑电动是最舒服的。冬天不舒服啊，冬天骑自行车，骑自行车好歹膝盖动的。

没觉得自己红。媒体找我也就是实打实地说，没觉得自己高多少，还是那样，该怎么干怎么干。公共场合有人认出来过，不多，上回吃饭好像有一个人，“您是不是演过故宫的那个”，我说那不是演的，那是他们拍的。

修文物后对老祖宗很敬重，有时候你会想到过去又没有机器什么的，能做出这东西，咱们祖先真能。要现在你没电没机器你怎么做？想象不出来。那会儿也没砂纸，他怎么磨得那么细致。所有铜器表面都是非常细，这真是有水平了。

修文物不仅是跟做文物的人对话，也是跟历代修复过它的工匠的对话。你能看出上一任修它的人做的活儿怎么样。你会考虑什么时代谁做的这个，如果遇到上一任修得特别好的，也是挺敬佩；遇到修得不怎么样的，反正说两句。能看出来前一任工匠的态度和手艺高低吗？当然能。最简单的，焊道有虚实，焊一件东西用心焊的话都是实的，断面都是实打实的，严丝合缝地让它连接起来，虚焊的话，没焊到这儿就是空的，就没有连接。

从小学了这门手艺，现在感觉，还是比较庆幸选了这个职业，庆幸来故宫，而且还遇到一个好师父。还真是。来对了。

恽小刚口述：
闻着这青铜器有香味

我是 1980 年 2 月份来的故宫，当时我十八岁。我们都是故宫子弟。我爸是 1954 年河北军区转业到故宫，我姥爷也是军队的，那时候没有宿舍，就在故宫角楼两边，东角楼西角楼河边盖工人宿舍。宿舍在城墙外头筒子河以里，两边都是故宫的职工子弟，等于从小就在故宫这儿摸爬滚打。小时候就觉得院子挺大的，后来干了这个，觉得它太深奥了，越来越觉得它深不可测。

我高中毕业就上故宫干临时工。后来故宫跟英国签了合同，英国定了一批青铜器，所以 1983 年来到科技部。刚来时，我记得特清楚，赵师父先是让我看厂规，看了一两天，然后给了一把竖的刮刀，就让你先去刮那个铜，其实就是练性子。因为这工作需要坐得住。那时觉得，天天刮这个干吗，也没多大手艺。他就让你坐下来踏踏实实去练性子，能踏踏实实地掌握。

后来就慢慢开始跟赵师父学做旧。先看，然后一点一点修小件，从小活儿练起，后来就开始进行复制。那时候人比较丰富，这组的人员比较旺盛，都是年轻小伙子，干劲也高。

一开始上手都是资料，后来才慢慢承担一些重要的。那时候故宫每

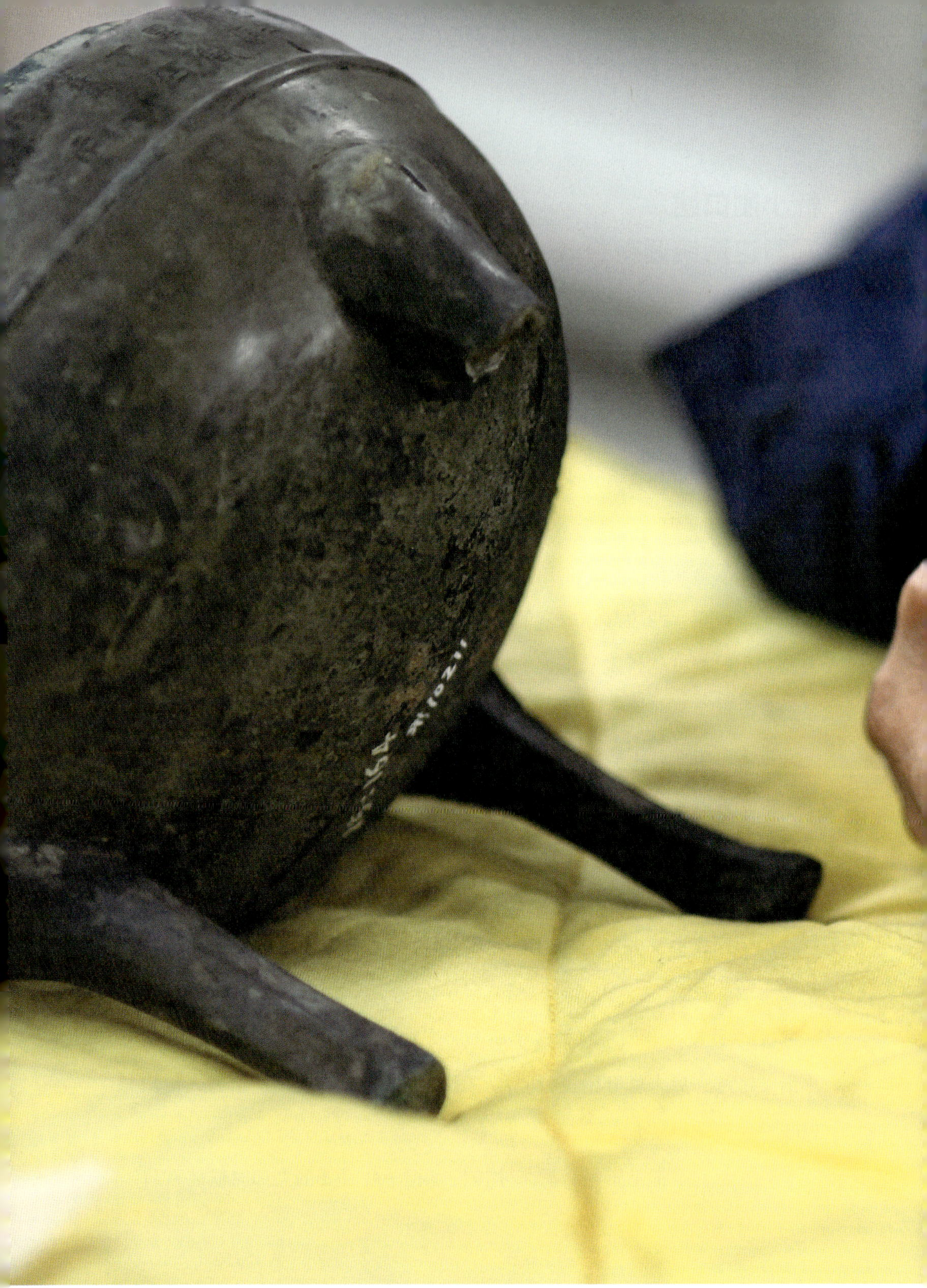

年有一个文物精品展，有时外地送来一些青铜器，比较破，就跟着师父一块修了。因为精华展，送的文物都比较有代表性，一级品比较多。展完了也修完了，他们把完好的成品拿回去。这对我们是个很大的锻炼。

马踏飞燕应该是1971年修的，听别的师傅讲，出土时，马鬃好像缺了点，脖子那儿有七个洞，完了马尾巴是断的。这种东西是要找平衡的，就说你要让它站稳。就说鼎吧，比如说那鼎缺一条腿，我不能光焊上了，必须用手测一下它，像我们一般就拿一个平的东西搁在上头点两点，看平不平。能立住了，才能四周全焊了。这是我们修复的一个技法或者方法，就是得找平，你不能修完这东西，翘着，那属于手艺没到家。

当时马踏飞燕好像是矾土掉了。原本那里头注矾，矾土一掉可能空，空就晃，后来给它填上了，重心找到就稳了。

赵师父给我的印象就是一乐乐呵呵的老先生，随和，对人比较谦和。那一代的老先生好像都是这样的，都比较谦和，见面说话没有什么架子，但对活儿是严格的。赵师父一般收活儿，"再凿吧凿吧"，就是说你没弄好，可能你做得有点新，刚做完那个火气还有点大。我们有一道工序叫咬旧，得把那个工艺咬下来，他可能再加点土。师父的做旧水平相当不错，感觉特别好，他往那儿一坐，盘着腿，一坐一上午，一坐一个下午，真是挺深功夫，真是坐得住。

赵师父对技术要求比较高，你要做好了他也高兴，你要真做不好，他有时候也真着急。但是非遗的东西，怎么修得更好，需要你有一个悟。它里头那锈，我们叫生坑熟坑锈[5]，半生坑半熟坑，凿坑水坑[6]，这是我们所说的锈的名称。有的你摸着它，什么锈没有，但是里头跟锈的颜色非常丰富。做旧既需要传统的做法，也需要有化学的技术。它不像仿制，仿制有时候就是大概形差不多，复制要求更细一点。赵师父对技术要求挺严。

我觉得手艺是现代机器代替不了的。不拿青铜器说，咱就拿玉器说，现在有机雕，你看机雕雕出来，和人雕出来不一样。人雕出来就有人的思想，代表着人的哲学思想，或者理念。咱就常说看着朱晓松刻竹器，刻竹房子，你就看他的雕工，你能领悟到他的思想，这也需要你有一定的文化，你才越看越深，越觉得，厉害也好，叫敬畏也好，我觉得手艺就这种东西，你看了绝对特服气。你看前两天咱们这儿摆那一件，你仔细看，它那腿它那身子，那个钻工，那个质感多厉害，活灵活现的。就跟画画一样，有的人把这鸟画活了，有的人把这鸟画死了，它就是少一点东西。咱们做旧的时候，有些东西没法准确说，比方说，这个旧我加一点红加一点黑，我没法用准确的刻量度跟你说，加一钱加一分加一两，我要这么告诉你，你加这个东西还是不灵。有时候就是经验上的一笔，这一点一点变出来就是这东西，这就是经验。我稀释剂和颜色的配比和胶的配比，那个全是经验。你说做那高锈，你做那凿坑锈，铁箍锈对吧，你怎么做，两个完全不同的锈，我用的东西可都是一样的，但我用的手法不一样，出来那锈就是不一样。就是技术里头，它里头有手法，怎么弄，出来凿坑锈了，怎么弄就是生坑锈了，这都有技术。自己得动一下脑子，琢磨琢磨这东西，怎么做得像。你像夏商周的铜器，它那锈是一层一层的，它是套的，有立体感，你不能说我喷完一层，我再喷一层，给它全开了没有层次，没有一年一年过来的感觉，没有历史感，对吧。所以我们赵师父老说做得自然点，他说的自然我觉得就像这三千年，你得把那感觉，把那锈做出来就能逼真。赵师父做的活儿，那时候就是能让一般的人打眼，这就是手艺。能做到这份儿上就是手艺。

最痛苦的时候，就是这点活儿在中间的时候，没做成。等你完全修复好了之后，心情是比较快乐的。这件东西，拿出来是歪的也好，拧的也好，断的也好，烂的也好，通过咱们自己的手，去把它一点一点地修出来了，这时候你是最快乐的。

中途肯定要遇到那些你要解决的问题，这时候是比较痛苦的。你得想方法，你要整形，你得想法怎么给它拼接上，怎么把它的型立起来，你不能混了。你还要保护文物，你不能再毁坏了，尽量保证别造成二次伤害。那时候是比较痛苦的，需要去思考，需要你仔细去琢磨，想办法给它解决了，解决完了就是快乐。

这是个慢慢的过程，刚开始就是把手艺学到手，谈不上什么觉悟，也认识不到。但是故宫的东西不要拿，故宫的东西不要沾，这是老一辈传下来的。这些都是从小就潜移默化，所以对文物保护的理念这根弦是没敢松过，但是你说认识肯定是一点一点地在加深。

时代在变，修复技术里也会加入科技，这是应该的。我 1995 年去陕西考古所参加（国家）文物局和陕西文物局合办的中南文物培训班，那时我们这边没有 X 光，那边德国人已经使上了。我们修的东西，你从表面看，就是一铜疙瘩，但是用 X 光去照，里面清晰地出现半两钱的样子。

待修复的铜器

所以我们修时，按着那张照片，一点点地把它上面的锈剥离，一点一点地就是一个完整的半两钱。这是很好的科技，通过照 X 光片，你发现里头还有字呢，再去锈，就明白了。但是一定要慎重，尽量用成熟的理念。

老规矩，干文物的不能有文物，所以以前老人是不让你沾文物的，尤其是本行的东西。现在随着社会开放，你可以喜欢一点，可以有自己的娱乐。我是对书画比较感兴趣，平常自己也画两幅画。

我觉得文物修复就是这样，他要真喜欢，你可能赶都赶不走他。不喜欢也挺好，不喜欢你硬逼着他干，他悟不到，对双方都是损失。社会现在开放了，他既然想干别的，那就干别的，他喜欢的东西肯定能干好。我自己的孩子也不学这个，他现在在英国留学，学经济。现在大了可能有点兴趣了，以前都是“谁要你这破烂，你这破破烂烂，天天一堆”，现在大了，可能慢慢对这些东西感兴趣了，但他不会再干我们这行了。他现在对金融比较感兴趣。

我这人就喜欢静，能独处。踏实了，能坐住，你才能做这个。这颜色，有时候你调一天，调两天，这色你就找不着；有时候兴趣一来，你找到那色了，一上午特别快，因为你已经完全进去了，趁着那感觉，赶快地，就跟画画一样，坐在那儿画。那种感觉到了，你是停不住的。你一停这思路断了。

我觉得你要真能坐下来的时候，那就特别放松。琢磨的时候，痛苦。东西拿来之后，先把它看透，因为这铜器，在这块儿可能有铜，在边上就没铜，你夹的时候就容易夹断，所以你一定要看透了，该怎么修，自己在脑子里面形成一个方案。先哪步再哪步，一步一步地，这样就对文物保护比较到位。做这个东西得悟，就像画一样。在我们这儿颜料画笔都有，颜色给你你画去吧，你也画一朵牡丹，不是那回事。做旧也一样，它颜料、胶这些东西怎么配比，怎么能做出锈色来，怎么能做出几千年的感觉来，这都得琢磨。非遗的东西就得靠脑子，好多东西是不能具化的。

难吗？难你也是从头干到尾，就是一个工作；干的时间长了，也不见得那么神秘。就是有一个，说白了就是有个自豪感。因为你承载历史。

好像是王世襄，他说初学的人去拿这把椅子，可能提着。对于王世襄那种人，或像我们向王世襄学习的人，可能是抱着这椅子去的，他视那文物为生命，他理解是不一样的。赵师父那时候就说，闻着这青铜器有香味。其实你说有什么香味，就是一种感觉，他就觉得一闻到那种“这就是老气”，就是那东西就对了，他就是一种感情在里面。你像赵师父 1931 年开始，干了将近七十年，他能没感觉吗？就跟那时候有人说的，说故宫是块玉，不能随便弄。扯远了，你说故宫这儿全是砖，哪儿来的玉，他指的玉不是你理解的玉，你得达到他的程度，你才能感觉到他说的。他说的是一个整体。每个人的理解，到什么位置理解什么样的东西。

现在咱们通过干这么多年，对这些老先生的理念就开始理解了，觉得他们还是敬畏心比较强，我现在就是在学那种敬畏心，一定要有敬畏心。你想人家青铜器，一代一代传了两三千年，多不容易，咱们去怎么给它传承，你完整传承三千年或者两千年。修的时候，你想想你的任务多大，对吧，你修复好了能传承三千年，你一定要懂这个文物，懂得它的价值，这才有传承性。

注释

3. 故宫博物院编《故宫青铜器图典》，紫禁城出版社，2010 年。

4. 地子，指锈下面贴近器胎的腐蚀层。铜器由于入土时间不同，含铜量、土质不同，表层自然产生的色彩也不同，主要有黑漆古、绿漆古、水银浸、皮蛋青、枣皮红等。李震、贾文忠主编《青铜器修复与鉴定》，文物出版社，2012 年。

5. 生坑，指新出土的器物，或出土几年但器物表面未被灰尘、油污污染，也未做过任何人工处理，尚保持新出土时的状态；熟坑，多指传世的铜器或早期出土的器物，传世经常赏玩，器物表面因手长期摩擦呈现光熟状态，或者将新出土的器物上蜡擦光，统称为熟坑。熟坑锈较生坑锈易做。李震、贾文忠主编《青铜器修复与鉴定》，文物出版社，2012 年。

6. 水坑，像从水坑中捞出来的一样，器物表面颜色漂亮，或湛绿湛绿，或黝黑黝黑，主要在长江以南地区。李震、贾文忠主编《青铜器修复与鉴定》，文物出版社，2012 年。

叁

裱画室

自宋代就已成熟的技艺

2015年9月8日，故宫博物院建院九十周年庆推出的精品大展之“石渠宝笈特展”在武英殿书画馆和延禧宫展厅开幕，展出包括张择端《清明上河图》、韩滉《五牛图》、展子虔《游春图》、顾恺之《洛神图卷》等国宝级文物在内的传世珍品近300件。之后的一个多月，“此处距您进殿参观大约还需六个小时以上”的牌子下，人流如织，队伍前不见首后不见尾，以至于每天院门一开，观众赛跑狂奔至武英殿看展，成为老故宫里的新景观。

《石渠宝笈》，全称《秘殿珠林石渠宝笈》。满清建国之后，清廷通过开科取士、编撰典籍、收藏书画种种手段来认同汉文化，安抚天下儒生，逐渐将蛮夷入侵者的形象，转变为热爱甚至精通儒家文化的统治者的形象。上有所好，下必趋之，大臣纷纷进献书画精品，到乾隆时期数量已经蔚为可观。而志在一代伟君的乾隆，沿袭古代君王传统，将内府书画编撰成书，叫《秘殿珠林石渠宝笈》。《秘殿珠林》为宗教题材书画，其余书画珍品则编入《石渠宝笈》。借《石渠宝笈》中继承“华夏正统”的书画艺术，乾隆一举奠定了“清王朝在汉文化传承长河中的话语地位”。

纸寿千年，绢寿八百。如果没有一代代裱画师的妙手回春，一千多年的《游春图》、八百多年的《清明上河图》早已破碎湮灭于历史之中，现代人根本无缘一见。“故装潢优劣，实名迹存亡系焉。窃谓装潢者，书画之司命也。”[7]

有书画便开始有装潢。从唐代张彦远《历代名画记》中可以判断，这项手艺至少在晋朝就已存在，迄今已有一千七百多年的历史。裱画技术在唐初具规模，至宋徽宗宣和年间的宣和式裱已臻成熟，自宋传承至今，变化不大。

故宫的裱画修复至清还有，而民国无。1953 年，时任国家文物局局长的王冶秋专程到上海，约请几位书画修复高手北上，包括有装裱界梅兰芳之称的杨文斌、古书画修复大师张耀选等数位技艺精湛的南方裱画师，于 1954 年共同组建了文物修复厂裱画室，奠定故宫书画修复的基础。这些名家当时三四十岁，年富力强，在上海裱画界早已成名。博物院给他们每月开出一百多元的高工资，远远高于文物修复厂厂长。过了一年多，家眷愿意来的，也陆续接到北京。加上随后成立的摹画室，几位南方来的老师傅相处甚洽，春节时相互拜年串门，犹如亲人。

“那时师父挣一百一十五元钱，相当于现在的好几万，家眷又不在北京，发了工资干吗去啊，几位师傅一合计，干脆下馆子吧。”如今的装裱修复技艺非遗传承人徐建华说，那时故宫外面有洋车，出门一招手，“洋车！”，拉起来就走。负责京裱的张师傅是地道老北京，知道哪儿的馆子好。“点菜点菜！”张师傅边看菜谱边招呼，“这菜多少钱？才几毛钱？几分钱？好家伙！这钱得花什么时候去！”

在徐建华绘声绘色的回忆中，旧时一流工匠的风采呼之欲出。聚餐多是师父杨文斌请客，“大爷嘛”。就像旧时戏班通常是挑大梁的请所有人吃饭，维系感情。故宫裱画室最初的几位老师傅，基本是搬来了上海“刘定之装池”裱画铺的原班人马，挑大梁的杨文斌也保留着旧日的做派，令人想起他的外号“装裱界梅兰芳”，不只因为他样貌漂亮收拾干净，大概还因为这份出手阔绰的派头。

7
人走关灯
下班断电

西三所院内的“御兔”们

那是故宫文物修复手艺人意气风发的年份，这些旧社会的能工巧匠备受尊崇，他们也用心血证明自己配得上这份尊崇。杨文斌胃出血，张耀选有胃病，1956 年入职裱画室的张金英胃部切除三分之二，这是长期的高度紧张，长期的胃痉挛付出的职业代价。裱画室里的匠人们用自己的心血延续着古书画的生命。

严格地说，装裱只是书画修复的一部分，先修再裱，准确叫法应该是修复与装裱。裱画分南裱和北裱，南裱的主要代表是苏（州）裱和扬（州）裱。南裱素净淡美，有文人气。北裱富丽堂皇，较大气。两派从工具到形式都有区别。1954 年故宫装裱的第一代为南裱之苏裱派。选择苏裱，因为乾隆年间宫中书画几乎都是造办处去苏州装裱。另外，宫廷装是一种比较特殊的装裱，比如着重黄色。以前故宫装裱有严格的品级，建国后装裱不按品级，而是按展柜和画芯颜色的需要。

修复技艺的地域之分和气候有关，虽然故宫裱画室老师傅都是南方人，但要适应北方的气候，在某些工序上不免有所改良。所以，故宫的修复与装裱，除了宫廷裱独有的风格之外，也是南北的一个融合。

古书画的修复步骤很多，最核心四个：洗、揭、补、全。

洗。字画如果没有特别糟，可以直接上排笔[8]按压洗，用干净毛巾吸走脏水，反复操作。偶尔还会需要草酸等物品。

揭。书画修复全关乎揭。修复时先揭褙纸，褙纸后是命纸，顾名思义，命纸攸关书画性命。命纸紧挨画芯且特别薄，揭命纸时，稍有不慎将揭掉画芯，造成无可挽回的损失。有时得靠手指轻搓慢捻，捻成极细的小条取下，有的画要揭一两个月，过程枯燥，光有技巧不行，只能拼耐心。

补。揭下旧命纸后，拿一张新的命纸托住画芯，画芯缺失处要补，断裂处贴折条。纸本跟绢本的补法不同。纸本为隐补，托完画芯之后放在透视台上，底下有灯管，打灯，找厚薄一致的纸张补上缺口，补完后把命纸顶上去，填补了画芯的缺失。补完外边要刮口，接触面刮成斜坡，不能有硬突，否则卷起来会硌着画芯；如果是绢本，就先补后托。即先拿绢补好，再托命纸。同样也须刮口。

全。这一阶段通常包括全色及接笔。后补的纸绢比原来颜色要浅，全色是将其跟原先颜色找齐，不露痕迹。接笔是指接续画意缺失处。接笔必须有摹古画的基础，通常由摹画师来接。

解放后的故宫博物院开始抢修最珍贵的文物。1956年进故宫工作的张金英回忆："那个时候和现在不一样，送到我们修复厂的东西，全都是故宫里头最好的宝贝。"包括《清明上河图》在内的传世国宝的修复也提上日程。

《清明上河图》为北宋张择端的传世精品。画家在5米多长的画卷中，生动描绘了北宋末期首都汴京（今开封）在清明时节的繁荣景色，画中人物虽达数百之多，却衣着神情各不相同，构图疏密有致，栩栩如生。其对中国十二世纪城市生活的生动记录，在中国乃至世界绘画史上都堪称独一无二。《清明上河图》先收藏于北宋宫廷，之后几经战火、盗贼觊觎、政权倾覆，五次出入宫中。最后一次出宫，是被清朝末代皇帝溥仪偷运出去，辗转流落长春。上世纪五十年代，这件珍贵文物被古书画鉴定专家杨仁恺无意中发现。在经多方鉴定确认为真迹后，《清明上河图》再次回到故宫。

饱经沧桑，名画已出现破损，画面上也沾染了灰尘与脏物。修复《清明上河图》的前期准备工作进行得十分慎重。论证完成以后，修复工作本来便可以开始。但是五十年代末中国开始"大跃进"，神州大炼钢铁，故宫也烟尘滚滚地支起了锅炉。铜器室的人有铸造经验，就来做顾问，炼掉一些大铜缸；进入六十年代，全国吃不上饭，故宫开荒种地，在宫里种菜。因为营养不良，当时人多患浮肿病，但顶级工匠仍然被院长保护。1960年到1962年，一定级别的干部每个月额外发白糖、黄豆、鸡蛋，仅裱画室就有张耀选、杨文斌、张兴顺三人每月领取糖票、蛋票，

裱画室王红梅在修复古画

被称为糖蛋干部。

1966 年，故宫封闭，以阻挡红卫兵冲击。1969 年，故宫职工下放湖北咸宁干校，劳动改造灵魂。当时许多人不但自己去，还动员家属一起去干校。杨文斌没去干校，默默回家。这个十三岁就学装裱的修复圣手，在徒弟的印象里除了裱画什么都不会。上干校前故宫被军管，解放军战士让大家列队齐步走，杨文斌令人愕然地走不了：“他很难接触这种事。他也不愿意参加乱七八糟的事，他就是一天到晚干活。”

1973 年，故宫博物院决定启动《清明上河图》的修复工作，主修杨文斌。当初一起北上的张兴顺师傅没有音信，京裱的张师傅被老家的造反派来北京押走，下落不明。“文革”撕裂了曾经的亲切，老师傅们不一起吃饭了，也不拜年了，曾经豪爽地为聚餐买单的杨文斌已经六十多岁，患有哮喘，手颤。

而杨文斌眼前的《清明上河图》也是伤痕累累，布满灰尘。它的上一次修复，还是在明代。如今，在裱画室那间最大的工作房里，《清明上河图》平放在案台上，一旁放着一盆温水。个子瘦高的杨师傅弓着背，戴着眼镜，用排笔蘸水，慢慢地为名画洗去蒙尘。裱画室的人，腿和膝盖都不好，因为久站。接下来的两年中，他的徒弟，张金英和徐建华都会看到师父以这样的姿态站在工作台前，如履薄冰。

从 1973 年开始，杨文斌一直修复《清明上河图》，其间他因为生病在家休养一段时间，直到 1974 年底，《清明上河图》才修复完成。

“老师傅特别好的地方，就是对文物的这种热爱，已经超脱了 1949 年以后。我从他这儿也吸取了好多。”就像技艺的传承，职业病也是会传承的，故宫裱画技艺的非遗传承者徐建华从师父身上除了继承了手艺，也继承了胃病。

故宫文物修复技艺的传承多为师承制，一个师父带一到数位徒弟，朝夕相处，耳闻目染。在六十五岁的徐建华、五十九岁的单嘉玖、五十岁出头的杨泽华的回忆中，传统中用来培养学徒的师承制训练方式合理，成长次第清晰，看似枯燥的磨刀刮纸基本功训练都有其背后的另一层含义，养成的是职业习惯，改变的是浮躁心态。三年学徒，从细节和心境上改变一个人，将其打造为一个合格的手艺人。从开始时的徒弟给师父打下手，不知不觉转换为徒弟做上手，师父打下手，师父有意将徒弟推到前面。这种转换在每个新人身上发生。

同时，师父一词也包含更多，不仅是技艺的传授，也有言传身教的感染。《我在故宫修文物》纪录片中，许多人因为杨泽华和王有亮开门前对着空院子的一声吆喝而浮想联翩，但吆喝并非因为撵鬼，而是跟院子里过夜的小动物打个招呼。这声吆喝成为科技部的一个传统。而早到开门、收拾屋子，曾是所有老师傅留给徒弟的最深回忆。徐建华会比他的师父再早半个小时到，这个习惯又被他的徒弟杨泽华接力，最后变成裱画室的一个传统。很平淡，很日常。“工匠精神不就是对工作点点滴滴，就是你能跟你的工作对上话，这些东西其实都是潜移默化，从师父那里感悟到的，不见得他跟你说什么，而是你从他身上去感觉这种精神。”形式上的师徒合同在三年约满后可以解除，但师徒关系将维系一生，师父对徒弟的影响也变成传承的一部分，代代传递。

和舶来血统的钟表修复不同，古书画修复是纯正中国血统的传统技艺。前者诞生于西方现代文明，所需的工具及补件会因工业的发达而趋于升级，而古书画修复则必须面向东方的过去。《装潢志》中规定："补缀，须得书画本身纸绢质料一同者。"即补料的厚薄、质料、帘纹要与画芯一致。以前，古书画修复从业者普遍会去旧货市场淘旧货存着，拆下来旧纸、旧绫绢当补料，"那个年代能拿文物补文物。就是说你非文物，或者是三级文物，我就能给你处理了。从文物商店买回来，处理了补在这宋代画上。现在不行。"市面上旧物难觅，而且随着时间推移，老材料只会越来越稀缺。不仅如此，库房里以前还能提出乾隆高丽纸做补料，现在民国以前的都算文物，都不能用了。

材料，是所有裱画圣手在当下遇到的困境，而且看上去，并不因科技的进步而有望解决。新生产的宣纸就是不如老宣纸，老宣纸是青檀皮在山上用日晒四个月自然漂白，整个工序下来要一年半到两年。如今已不可能用这种手工作坊的效率造纸，即便有人采用这种工艺，污染的空气和水，和从前的天气和山涧溪水也远不相同，造出的纸仍然不同。纸如此，绢也如此。

不能随着科技的发达而解决，因为科技日益改造着世界，而这门传统技艺所需求的材料是跟传统生活息息相关，是传统生活上面长出来的有机物。世界变得越来越新，旧的生活方式、旧的抄纸铺子没了，老宣纸、古绫子也就没了。

看上去这是个死局，但也有人努力寻求破局之道。不求一劳永逸，但求日拱一卒。从库房提出古画，对照文物上的图案做仿宋锦；到安徽

故宫展出的《崇庆皇太后八旬万寿图》

找厂家做传统的水油纸；到迁安找厂子做高丽纸。杨泽华说："我的能力也有限，我老是说每代人有每代人干的事，但是不管多少，你积极地去迈出这一步，后边还有人。"每一代人都尽己所能地解决问题，如愚公移山，世世代代无穷匮也。这个思维里令人感动的不是相信明天会更好的乐观，而是对一代代传承者的信任与期待。这是瞬息万变、每十年就结束一个时代的现代化社会中奢侈的思维。这种思维里有着对某种近于永恒之物的相信。所以他到外地出差都会带年轻人一起，为未来的破局者培养人力阶梯。

同时，古书画修复也在尝试面朝当下。以前修复只有修前、修中、修后图片对比，现在修复前会做大量测试，包括颜料、纸、绢的成分，这些重要的原始数据将用来指导后续修复。纪录片中那张《崇庆皇太后八旬万寿图》修复结束后，绢本的质地、绘画方面的数据都会详细记载于修复档案；而倦勤斋通景画的修复，不仅用到大量仪器测试，还提出了对画幅周边的建筑构件的保护，是前所未有的整体修复工程的理念。这个理念也影响了杨泽华四下找厂家合作，做马蹄刀，做水油纸，做仿宋锦："因为非遗保护是全方位的，不仅仅是单一的纵向脉络的一个保护。"

五十来岁的杨泽华是故宫书画修复第三代传承人。故宫书画的第四代修复师，多是美院等专业院校科班出身的年轻人，他们和第二代传承人徐建华共用着七十年代就有的裱画案、五十年代老师傅做的竹起子。老师傅已去，用过的工具还很坚固，仍旧好用。有把竹起子的手柄上写着"手破离"，不知是谁把日本工匠的"守破离"原则解构，提醒大家这是一把会夹手的竹起子。手艺人的幽默感像极客，喜感很低调。最抢手的工具是砑石。好的砑石需石质紧密，毫无杂质，趁手易握。好砑石不常有，裱画科三个工作室十几人共用三四块石头，年头最久的是五十年代南方老先生带过来的。常年摩擦画纸的那一面光滑如镜，莹莹有光。

采访徐建华时，他工作室的另一角，一个年轻男孩一直在搓一张唐卡的褙纸。我采访了两个半小时，他搓了两个半小时，身形不变，不疾不徐，旁若无人，仿佛入定，自我消融于这平静的无限重复之中。那种节奏让人着迷，仿佛时间不存在，或者更换了度量方式，不再以分、小时、周、月、年作分割，而获得了新的更辽阔的坐标，以千年起计。在此坐标中，个人变得渺小，但以另一种方式接近永恒。

书画修复工具，上中下依次为马蹄刀、鬃刷和排笔

书画修复用的竹起子、针锥

单嘉玖口述：
磨刀刮纸就是磨你的性子

1978年冬，我结束插队回京，正好故宫博物院招收文物修复人员，我就来了。刚来时的师父叫孙孝江，一年后他调去历博，我就换了师父，后来的师父叫孙承枝，就是修《五牛图》的。两个师父实际上是叔侄关系，孙承枝是叔叔。两人的性情都非常好。

头三个月，师父给我一沓纸，一把马蹄刀，剔掉纸上的草棍、煤渣，不能弄破纸。实际上是练你刀的力度，因为你修旧活儿和补口，缺失部分的口都要刮，都得给它刮平了，如果没有基本功的练习，那个口是刮不平的，像狗啃过似的，所以它的目的是为了让你练刀功，力度有准头。

练完刮纸，再练刷纸——用鬃刷蘸浆水刷旧纸，不能刷破纸，不能刷出褶子。十好几张刷到一起，你得把它们黏合起来，变牢固还不空。最后变成一个墩子。墩子也不浪费，将来我做册页，还能当裁板使，就是这个，又练了手工，将来还会有用。一开始觉得枯燥，但慢慢地，你能感觉到那个鬃刷划过不同纸面的阻力，甚至能感受到宣纸的膨胀与收缩。

没干活前先磨工具。像这种鬃刷买回来是不能使的，它都是齐头齐脚的，你刷的时候是这个角度，鬃刷这么硬，你想纸多薄，还是湿的。需要给它煮完以后打磨，找那糙石头给它磨圆滑了，磨完以后铰，铰得稍微有一点弧形。这样你刷纸的时候就不会把纸刷破；发给你的刀是没开刃的，你得磨刀，师父告诉我刀怎么磨，用什么角度，过了那个角度就会越磨越钝；还有些工具是自己拿绗被子的针做的；还有竹起子。起子是起活用的，挑进去，一起这画儿就下来了。起子要用竹子，因为它有韧性，竹子泡完拿刀削，再拿玻璃刮，最后用砂纸打，摸上去光滑得像玉一样。

每个人都要经历这一步，是两层意思，一个是练基本功，一个是练你的性子。从别的地方来，你跟这儿的节奏是不一样的，它会练你的性情，浮躁感给你压下去，静下心来。修复书画所需要的那种定力慢慢地培养出来。

我们没有拜师仪式，来了就说你跟谁干。现在我们也是，来年轻人，说你跟那谁吧，俩人互相没意见，师父说能带你，你也对师父比较好，那就结合在一起，就形影不离了。

传统上讲，我们这个工作就是师承制这么传下来的，它确实有它的好处，不像学院一个老师教四五十人，教出来的东西，就像近亲繁殖一样，四五十人全是书上一个模式。我们一个师父教一到两名，比如这位师父做手卷相当不错，那位师父可能是册页，各有各的特长，带徒弟出来，必然跟师父靠近，这是一个蒸蒸向上的东西，它就会长远。所以书画修复从历史上到现在一直是师承制。

师承制传授的全是经验，比如说我应该怎么做这步，从外观看觉得应该怎么做，但真正做的时候有可能触发其他情况，要调整方案，这就需要经验。学院制是通过理论来传授，初级可以是学院制，先普及一下，要往深了走一定是师承制，这样走得更长远。这是我的理解。

徒弟跟师父学也是言传身教，从师父身上学东西。老师傅们从来没有说八点钟上班八点钟到，基本上都在七点半、七点四十就来了。来了之后不像现在先看手机看微信，看新闻，喝点水，吃个早点，人家是来了以后就系围裙。他们那群人工作上真是。所以那时当徒弟比现在苦，师父七点半就站那儿了，没有说师父干活，你在旁边坐着的。那时候的人可能学技术也比现在更积极，大环境是这样。

没人要求这些老师傅们，他们可能就是爱干，就是对这个工作有极大的兴趣，他不烦，干完一件领一件。

修《五牛图》时我没赶上，我 1978 年冬天来的，那时已经修完了，1977 年修的。师父没跟我们提起过，没有那种个人炫耀，过去人都非常朴实。不像现在资讯发达，我从文章上看到是他修的，都是好几年以后的事了。

可能他没觉得自己修这个有多了不起，就像修其他东西一样。反正你修什么东西都得认真，不可能说是国宝级的文物我就这么修，其他没有到那层次的我就要懈怠。当然，国宝压力肯定会大一点，因为还得通过文化部呢。

自己修过什么，师父不跟我们聊这个。带我们之后，实际上我们已经融到一起，刚开始师父干活我们在旁边打个下手，慢慢地就会以我们为主。这种交替是不知不觉中发生的，因为你俩捆到一块了。

刚开始文物不可能动，就托褙纸，递工具，配浆水。到后期，感觉自己有把握的时候也会大胆去全个色，师父会欣赏一下，然后说这个缺

古书画修复师单嘉玖

少什么，那个缺少什么，他给点评一下。就算到了独立干活，最后交活儿的时候师父都要看一遍，哪儿有毛病，能改的改好才能交。我们一直都在他的监护之下，直到他后来干不了。

对于书画修复来说，三年也没法独立工作。比如说有的东西必须揭除命纸才能修补，但是有些东西，全部揭除命纸反而对画造成损伤，因为会把画芯给带下来。命纸使用的不见得是一种纸，黏合剂也不见得是一样的。

什么活儿什么时间干，都有规律。比如我想贴画[9]，那我一定在上午就得贴上去，我们可以看会儿水，起码在它潮干不一样的时候，我们可以给它摊点水让它保持稳定，到下班它肯定差不多快干了，该胀也胀得差不多了，比较稳定，夜里相对的能踏实点儿。第二天早上一上班，一进屋什么事都不干，就看那画有没有问题，没有问题心里就踏实。下午贴肯定不行。夏天季节相对比较踏实，它潮。最不踏实的是冬天来暖气的时候，燥。分季节，不一样。要是连阴天，揭画芯，那你又不踏实，画芯就赶快揭完托起来。要是慢一点，等你揭完前面长霉了。什么天气干什么活儿，但是天气又不是你所能控制的。比如全色必须在自然光下全，灯光底下不全色。阴天或者雾霾那就干点别的活儿吧。所以我们手头都有两件活儿，阴天干什么，晴天干什么，都是交叉着来的。

这是我们的板墙，南方裱画上墙用的是木板墙，老先生们来北京后发现太干燥，纸的伸缩率不一样，后来做的纸墙。最底下是木格子打底，然后每个木格子贴纸，隔一个贴一个，再补窟窿，最后糊大纸，一层一层糊，三十多层形成纸墙，这种墙吸潮。

情况太多了，需要经验的积累，要想独立接触文物，恐怕你出了师也独立不了，没到五年十年独立不了。每件文物都不一样，材料质地、破损程度、受损原因多种多样，不可能说我这件做好了，下一件就一定能做。我已经干了那么多年了，我也不敢说，修复全部的奥秘我都掌握了。就跟病人一样，同样都是这个病，在你身上和在其他人身上，可能医生使用的方法就会不一样，因为病人的体质不同。为什么管修复叫画医呢，跟医院有点类似。医生做手术多，那他经验就多。我们这个也完全靠经验，经验从哪儿来，就干活，多看看师父都是怎么处理的，多问，多学。它就是代代传。

我师父是比较朴实的一个人，对待工作极端认真。你看他一上班就干活，这些东西都深深地影响了我。其实我也有习惯，一上班就永远把活儿搁在（手）底下，这确实是从他们身上潜移默化的。就放不下这些东西。你老说工匠精神，工匠精神不就是对工作点点滴滴，就是你能跟你的工作对上话？实际上就是一个踏实的心境，这些东西其实都是潜移默化，从师父那里感悟到的，不见得他跟你说什么，而是你从他身上去感觉这种精神。

要是你跟你的工作对不上话，可能上班了还想家里有什么事，心里不静，没在这个上面。当然你说你干不好还干不坏，可是，干坏了那文物就坏了。“不遇良工宁存故物”，没有遇到好的修复师，宁可不修，你修就是一种破坏，古代就有这种论述。可想它是多么地重要。

修复跟装裱是俩概念。修复里面包括裱画，先修后裱。装裱是伴随

着古代文化传下来的艺术体系。修复是剥下旧的装裱，修补破损画芯，然后再度装裱，修复到裱画这块已经接近尾声了。古书画修复，主要有“洗揭补全”四个步骤。

洗的方法都不一样，要根据它的破损程度采取不同的方法。字画如果没有特别糟，可以直接上排笔按压着洗，然后拿干净毛巾吸走脏水，反复操作。别看纸那么薄，洗的时候后面还有命纸托着呢，褙纸和命纸没揭，它托着就没事。字画也不会洇，老字画早就稳定了。要是特别糟的我就不敢上排笔，湿了一淋水有可能把画沾到排笔上。

书画修复全关乎揭。画芯就是薄薄的一层，托上命纸，最后面还有两层褙纸，一张画四层。紧贴画芯的第一张纸叫命纸，为什么重要呢，画芯就依托在它上头，如果没有这层命纸，古画从古代传下来到现在什么也不会留下。修复的时候，先揭褙纸，褙纸下面就是命纸。揭命纸时，如果水平不好，极有可能给它揭薄，揭到画芯里，把画芯给扒拉下来了。所以，有的地方不能全揭，比如说一个绢本，命纸已经融入到绢丝里，如果我们强行揭掉，绢丝就毁了。就是说，在它还很黏、不空的情况下，不要非给它剥离。什么东西必须揭到底，什么东西可以不揭到底，完全是靠你的经验积累。

补。揭下旧命纸后，拿一张新的命纸托住画芯，画芯上缺失的地方要补，断裂处要贴折条。纸本跟绢本的补法不一样。纸本就是隐补。何为隐补？命纸托完画芯之后放在透视台上，底下有灯管，打灯，不就能看出哪儿缺吗，找相同的纸张，薄厚一致，补完之后把命纸顶上来了，就填补了画芯的缺失。补完外边要刮口，接触面刮成斜坡，不能有硬突，否则卷起来后会硌着画芯。为什么基本功练刮纸，其实是为了你今后补画。如果是绢本，就先补后托。先拿绢补好，再拿命纸托上去。同样也得刮口，你不刮口，绢本补口处比纸本还厚，所以刮口在文物修复里面很重要。

书画补好，最后是全色。现在修复领域里提出“最小干预”原则，“最小干预”是能小修绝不大修，但有些东西必须大修，不大修就保存不了，那就大修。“最小干预”也要看是什么东西。书画补好了，就差全色，我们最小干预，不全了，那你说它有观赏性吗？比如这儿画意缺一块，我现在还能接，因为我知道怎么回事。不接笔，最小干预，留着缺口，过若干年这口再扩大，它是怎么个走向你也不知道了，你连接笔的机会都没有。不是每个领域都适合差异性修复。

接笔，就是画面中缺东西，画意缺失，咱们给他接上。接笔是临摹室做，这必须有摹古画的基础，他才能接笔，我们两个部门合作比较密切。在我们这个裱画组，画意缺失都还是要接笔。中国画的特点，都是要完美的、有观赏性的，要你看不出来有修过的痕迹。刚才修复前的古画你不看了吗？要是不全不接，就没法看，艺术性没有了。

文物修复是个良心活儿。拿故宫库房里的活儿来讲，特别糙的裱法还真是少，外地博物馆送来的文物，有些就不按规则办，不是补一块就把刮口给弄利落了。我真见过这种活儿，原先的修复就是整个拿一层纸，把洞堵上。假如这个洞跟那个洞挨得挺近，一刮口，两个洞就分开了；不刮口，这洞跟那洞接上了，破损面积就扩大了。这些活儿都在背面，外面还贴两层褙纸，哄外行人非常容易，有时内行人也能糊弄过去，但是时间长了就不行了，对画不负责任。比如说一个绢本破得非常厉害，绢丝都是连带着的，一个洞串一个洞，可能小补都补不了了，那他有可能拿一张整绢给它托上去，不就不用小补了吗，非常容易，而且还省工省力。但这种补救方法只能针对破损极其严重的画；正常的破损，还是小补之后托纸。但有些人可能不愿意小补，麻烦，还要一个个刮口，拿一张整绢托上就完了。时间长了，你想这绢跟绢托起来要比纸使糨子厚，糨子厚必然对画就不好。而且原本画芯已经很糟了，褙绢也有糟的那天，如果它也糟了，那将来修的时候没法揭了，绢跟绢搁在一块，哪个是画芯、哪个是褙绢就混淆了，这张画就等于毁了。所以看你对文物的态度，你要说我就图快，就那么修了，你不跟我说我也看不出来。所以说干这个工作要有良心，对文物要有一个起码的敬畏之心。

对于故宫来讲，库房里的东西破破烂烂并不多，现在破的其实是大殿里贴的那些贴落儿，因为它风吹日晒，墙也可能潮或者漏雨。现在修复工作是一部分，还有外地博物馆送过来的东西，没有一件好修的。你看这件书法，全是裂纹，打折条都要打上千个。

故宫的文物有两大类，一个是传世的东西，再一类就是宫廷史迹，大殿里贴的匾额、贴落儿，等等；外地博物馆就一类，就没有宫廷文化这个东西。我觉得后者也挺重要。你去大殿看，贴了好多的东西，这个东西非常重要，它代表皇上跟大臣的关系，包括皇族的关系，包括汉大臣还有满大臣的，如果不太注意逐渐就没了，这段历史就断了。你想研究宫廷史的话，没有这个做依托你研究什么。所以有时候觉得画得不怎么好，写得不怎么好，但是它有这段历史。

现在书画修复的主要问题就是材料。以前我们修文物还能找点旧材料，好多过去不算文物的东西就当补料使了，现在好多东西都是文物，都不能再使。没有办法，现在只能拿新的东西去代替这个补料，就想办法让新东西老化。要不老化，那个新东西刮口刮不了，它起毛，只有靠人工去做老化，当然不如用它同年代的东西去补更好，对吧。你想，这个画糟了，我拿一个特别结实的料去补，它融合不到一块，现在裱画室最难的就是补料找不着。

绢是最难找的。找新绢时，要放大看它的经纬丝跟原来织的密度是不是相符，尽量找相符的。想方法给绢老化，老化到各种程度。有时候给它搁太阳光底下晒若干年。或者使点什么化学药品咬一咬旧，浸泡一下，让它稍微糟一点，就是想办法。现在有大学教授帮我们做老化，正在做实验。我们组现在有一个非常远大的目标，我们将来想自己织、自己造绢。我需要什么就自己来。一个远大目标，还没人呢。

我父亲是老一代故宫人，他最早搞历史研究，后来进行古代建筑研究。我们都在故宫上班，但没有一起上班过，因为他总是比我走得早。但我从小就听父亲谈故宫，谈论对文物的敬畏之心。包括看展览，要尽量手抱着一点，不要用手瞎指，怕你碰着什么东西。好多规矩。他要是进图书馆，进个展室，拐棍必然搁在外面，他对自己要求挺严的，对我们也会有影响。反正我现在在展厅基本都把手抱住了。

搞文物不玩文物是我们家的家规。我爸爸始终对我们有这种要求，你既然从事这个工作，一定不要玩文物，不能再接触工作之外的文物，所以说文物市场咱也没去过。因为一旦介入，你再接触旧东西可能就会有私心，比如说我们家缺点这个，缺点那个，你进去带着私心，你工作的出发点就完全走样了。

这好像是个不成文规矩，我还真没看到老师傅们弄过这些事，上文玩店什么的。他们不这么要求我们，但他们自己是不沾的。

虽然现在新来的年轻人都是科班出身，我觉得这套训练还是得从头来，是两个概念。他们可能在色彩上比我们更专业一点，但是基本功该

单嘉玖在指导两位徒弟

怎么练还怎么练。我觉得还是应该从传统这方面去要求。

现在我带的两个学生，一个已经两年多了，现在还在做装裱，修复还没有太涉及，没敢太放开。慢慢来吧，慢慢我带着他们一块。做这个必须心境踏实，想法太多不行。我看他们都挺喜欢的，因为他们都是搞艺术的，都蛮喜欢文物的，也都挺踏实的，慢慢来。

徐建华口述：看一个人水平高低看他打的糨

1954年，大鉴定家张珩、徐邦达、当时国家文物局副局长王冶秋，一同出面去上海为故宫请回几位裱画师，有张耀选、杨文斌、张兴顺、孙承枝等，他们解放前就已经很有名了。张兴顺师傅擅长修绢本，我师父杨文斌修纸本，张耀选组长负责全面的工作，等于是把一个裱画铺搬来了。因为张耀选文化层次比较高，他学化学的，所以他对出土文物有研究，像什么战国帛画、马王堆，山东临沂出的西汉帛画。其他老师傅都是修传承有序的传世文物，像《清明上河图》，这些老师傅愿意修这个，你让他修出土文物他不愿意干。我那师父看都不愿意看，不是没经验，这死人的活儿不干。

孙承枝师傅来的时候不修画芯。他是研光[10]，都是配套来的，工序嘛，那干什么都得有啊，有唱戏的主角就要有次角。时间长了他的技术也不错，就把他侄子调到故宫来接他的研光，他就改修画了。

我师父杨文斌以前号称“装裱界的梅兰芳”，扮相好，长相也漂亮。个儿也比以前的人稍微猛点儿，穿的衣服也干净。上班时穿得特干净，白衬衣，米黄西裤，裤线可以削萝卜，领子特别干净。黑鞋，白袜子，很讲究。他干活不像我还戴围裙，他站得很好，全身上下干干净净。他来到这儿主要是修画芯，别的工序他就让别人做。就是脾气大点儿，没有别的。

老师傅都知道，我师父家属没来时爱到外面吃。我们这儿原来有一个老北京，京裱的张师傅，说当时带着这些南方来的老师傅吃去，下午快下班了，走，吃去。那时候还有洋车呢，一出门喊“洋车”，就跟在上海似的打洋车，拉到前门，有全聚德、老上海、力力川菜，西四有砂锅居。好多都是我师父结账，因为挣的工资高点儿。他是大爷嘛，一看就是大爷来了。喜欢热闹，很痛快的一个人。他要是带饭的话就弄点儿火烧里面夹牛肉，他带饭也比别人吃得好。在当时来说，他的生活水平算高的。回家就还是按照原先家里的口味吃，焖点儿米饭，炒个菜，自己包点儿汤圆。

摹画组比裱画组晚一点儿成立，那里面的两位南方师傅是吴院长请来的，一位叫郑竹友，一位叫金仲鱼。还有一位是治印，金禹民先生，那是老北京，满族人。本身南方人到北方来的就少，以前这些南方老师傅关系很好，春节互相拜年，热热闹闹儿家吃顿饭，亲戚似的，后来“文化大革命”不是阶级斗争吗，就有分歧了。

我们裱画室最早有三个干部，第一个干部就是张耀选，组长。然后就是我师父杨文斌，还有一个叫张兴顺，他工资跟我师父一样高。1960 年到 1962 年不有一个困难时期吗？干部发烟啊糖啊。他们就有这个待遇，当时就管他们叫糖蛋干部。

1949 年以后、来故宫之前，当中这段时间，裱画没有活儿，我们这儿几位老师傅都从上海回家种地去了。那个年代谁裱画啊？高级知识分

徐建华在裱画室已经工作四十二年

子才裱画。一般的家庭过年过节弄张年画就不错了，有的年画都买不起还裱画？就是我那师父当时没回家，他就没种过地。1970 年主席不是说要备战备荒吗，文化部都上咸宁五七干校，他也没去。他干不了农活，从小没干过。当时有一个政策，愿意回原籍可以回原籍，带工资走。但是其他师傅都去了，当时很多人动员家属一起上干校，家里成分比较好的都动员上干校。

我师父十三岁就学装裱，其他什么都没干过。没上干校之前我们这儿军管，解放军战士教列队齐步走，我们师父走不了。他很难接触这种事，他也不愿意参加乱七八糟的事，他就是一天到晚干活。

我是 1974 年部队转业分配到故宫博物院，就说让我到修复厂。一毛钱买了一张票，走着就进来了。到太和殿，有一位老先生，我跟他打听修复厂都有什么工作，说有修表的、木工、镶嵌、裱画，他说这个年轻人望穿了都来不了。我呢是个生虎子，我确实不懂什么叫裱画。1949 年以后哪儿有这行当？

为什么“文化大革命”以后又招了一批人呢？当时吴仲超院长有两点要求，在有限的情况下，老师傅能具体地办两档子事儿。第一档子事儿就是培养新人。第二档子事儿就是把故宫所要修的一级文物，在精力允许的情况下修完。我们有幸也赶上这个好的机遇。

1974年到1980年，“石渠宝笈特展”里的画，大家所熟知的那些画，很多都是那时候修的，《清明上河图》《游春图》《五牛图》，我见的太多了，老师傅们所用的手段，用的材料。我发现师父有几个特点。第一他对这个材料很了解。它是什么样的画，什么年代的画。他对材料的辨别能力很强。当时有一个好的条件，那个年代能拿文物补文物。就是说非文物，或者是三级文物，我就能给处理了，从文物商店买回来，处理了补在这宋代画上，现在不行。第二呢，他对这个纸的纸性很了解。什么叫纸性，就是这儿有一个洞，你要知道，那儿用的是什么纸，什么料，它的成分是什么，你才能补好。还有一点，他对颜色的灵敏度很高，他要补全那颜色，里边含的是什么，赭石、花青、墨。再有一个呢，就是在工序上他很精。就说他做这个册页也好、手卷也好，很精。他跟别人的做法，有的地方是不一样的。

有一句话说看一个人水平高低看他打的糨。糨子也分很多种，南北有区别的。北方人用小粉糨，剔了面筋的；我们这儿用的叫面糨，老话叫老虎糨，富强粉直接冲，就跟调糊似的，拿温水调，比茶汤稠。它里面放一点矾，第一是漂白用，第二是定型，第三是防腐。你看吃的那个凉粉、凉皮不都得放矾吗，时间长了可以保留。

打糨算学徒训练的基本功，最基础的，但是打好了不容易，新手天天打也得打个两三个月。要掌握好比例，你只能靠眼睛和经验，所以这个工作打得越多经验才越多。别人打得好，比例数据给你也没用，不亲手打都不行。不只是水和面粉比例，还有你放多少明矾，还跟气候有关。好比说冬天跟夏天，底水温度多少都不一样。什么是底水？它不就跟小孩吃淀粉似的，不是先打一个底子，完了再冲？直接冲全是疙瘩。底水凉了，天气也冷，就打不熟。打生了不黏，全熟了也不黏，火上熬熟的糨子不好用。好用的糨子就是人手打出来的，70%～80%的熟。怎么判断？打得多就知道了，熟了里面没有面筋。

一入门先学打糨子，磨刀打糨子。磨刀不光给自己磨，还得给老师傅磨。好比这个师傅带你学习，他的刀就是你磨。磨刀是很重要的训练，刀是工具，不会修工具你还干什么。那刀很难磨的。刀刃磨圆了不行，不开刃的部分必须得平，你行不行，你的技术高不高，看你这刀子就可以看出来。

磨之前师父他教，打糨子也教，怎么修刷子、怎么用刷子、怎么用排笔先教你一遍，但是不会老这么说，他看你这徒弟灵不灵，爱干不爱干。他一看他没说徒弟也在那儿磨，磨得还不错，他就喜欢教你；你不爱干活，那他还教你干吗？他也费劲，你也费劲，弄这不高兴的事干什么？就推了，不告诉你了。

以前师父其实心里都有数，很少说到三遍，能给你说两遍就够可以了。那时候当徒弟要聪明，某种程度上得走他前头。师父来了，你这儿给他都归置好了。沏水、打水 、扫地、归置工作室屋子、扫院子，你这孩子勤谨，可以。八点上班，我那时候都是七点就到了。比老师傅还早，因为老师傅七点半就开始干活了。基本上家里的事不管。不过小姑娘一

挂在墙上的排笔和鬃刷，仿佛也是一幅画

直我带着。从上幼儿园到初中就一直跟着我，因为她上幼儿园就在故宫幼儿园，上小学是西华门小学。

那个年代的师傅不会讲得那么细的。他是教你，他一点不讲，像这个拓糨子，拓一张坏一张不是浪费。一开始给你讲怎么拓怎么弄，讲完了以后就不管了，你练去吧，慢慢就靠你自己的悟性来干。再有一个就是你看他干。你看他干的手法，他所用的工具，到哪道工序用什么工具，怎么做，甚至是他的黏合剂的浓度、颜色。你得老盯着他，老追着他，他在哪儿站着你也在哪儿站着，他在哪儿坐着你也在哪儿坐着，你老跟着他。他正干着你跑了，一会儿这道工序干过去，完了不会了。你问别的师傅，别的师傅可能跟他手法不一样，他一眼就看出来，“你这不对知道吗”，别看你做出来了，但是效果跟他不一样。

师父还会考验徒弟。先给你拿一张纸来看你会拓不会拓，你一拓一个大窟窿，坏了。他甚至知道你就要坏，就让你拓，他的目的就是指导你嘛。拓坏了才可以告诉你，这种纸不能这么拓，怎么拓怎么拓。很简单的一个方法，就是把清水往纸上一洒一闷，闷完拿鬃刷刷上糨子就完了，但是你直接拿糨子刷，一拓，纸沾排笔上就完了。

为什么说最好是一个师父带一个学生？太细了，每天朝夕相处，想起来什么、做到哪儿了给你说。中国传统师徒制的好处就是小班制。

基础课我上了半年，打糨子、磨刀子、刷纸、做墩子，完了做复制品，先做立轴，然后做手卷，再做册页，这都是程序啊，整个一套下来装潢的形式就知道了，虽然修复你还不会呢，但是这种形式你基本掌握了。你掌握刷子排笔刀了，你就可以干别的工作了。半年后可以分到别的师父手里，单教。

前半年基本功是有一个师父叫孙孝江的带着，他是58年后来的，小组长，还有一个就是张金英。学完了上前屋去，一人分一个师父。那个时候学得就比较精了，师父做什么你在旁边看着打个下手。因为我当兵在上海，师父讲无锡话我能听懂，所以我被分去跟杨文斌师父。师父家里就一个老太太和他的时候，我跟我那师哥帮助他挺多的。因为他说无锡话，看病大夫听不懂，一般都我陪他一起看病。后来他姑娘来了以后我就管他稍微少一点。

在这里头他名气大。我是小学徒，他呢，在上海都已经有名了。他跟我说，他说我在上海挣很多，大洋挣二十个。二十大洋买面就是二十袋面。说这个人是干得最好的，我很高兴，但有一个问题，紧张啊，越干得好的当他徒弟就越紧张。第一压力大，第二你也不能丢脸，老得争第一，不能给我师父丢脸，要好好干，这个那个的，老得走在前面。当时十多个年轻人都在一块，谁来了都不能落后啊。

老师傅特别好的地方就是对文物的热爱已经超脱了1949年以后。热爱的程度不一样。还有一个他的工作态度也不一样，桌子上的卫生，糨子、工具，还有文物的收藏、文物的保管都非常利落。那时候制度定得也很死。谁也不能犯错误。你要犯了大错误你就没工作了。你犯这错误天天给你开会，天天学习。

做裱画容易得胃病，一是老高度紧张，每张东西都一定要往好处做是吧？不能出任何文物事故，出了事故做三天检查也过不了关，再一个影响不好，原来谁像现在的年轻人三天两头跳槽，以前没地儿找工作，就是这个工作要干一辈子呀；二是跟这张大案子有关，全颜色要天天接触，就得靠着它，这是大漆，生漆，它凉。最后有的同志就垫一块棉布靠着。我也胃不行。

胃病是裱画室的一个世代相传。但我徒弟吃嘛嘛香。他没事。

我从师父那儿也吸取了好多。第一个就是这个人很直，不管干什么工作，这个人的人性跟品质要好。第二个呢，就是你对文物的认知程度，和你对文物的热爱程度。再有一个呢，你在这个工作中能起到什么作用。有人说修文物，常在河边走哪儿能不湿鞋。湿鞋有整个人掉里头出了大问题的，也有出小问题的。重要的是出问题的时候，你怎么弥补它。就像医院做一手术，需要多少个护士，多少把钳子，那都得预备好了你才能做。

那时做修复文物的第一步，就是要和书画部的专家联系。像徐邦达，他们要修哪件东西给我们，他们写出要求来，然后我们写出方案来，我们应该怎么修，最后达成一个最好的修复方案。完了以后请院长签字。但那个年代，院长是要点名的。不是说这件东西随便人修，不行。这件东西就是杨文斌修，或者张兴顺修。

展子虔的《游春图》那个是很难修，当时落到师父头上他也很紧张。就跟他发射原子弹似的，就说咱们要发射了。它是中国第一张重彩，到现在快一千四百年了，局部破损，颜色也已脱胶。在修复时，首先它是重彩，上水淋洗前，要先用一定浓度的胶矾水轻刷在画芯正面，达到固色效果。这一步骤重要的是胶水的成分和浓度。你的胶上去，几比几的胶合适，你要试一下。就等于一点一点往里渗，做一回看一眼，晾干后用小绒布擦，掉色的话要再刷一遍，我记得那时候是加固了两次。

第二个关键就是你怎么来保存这画。有历代补的、历代画的、历代修过的，这三方面你怎么处理它。你要决定哪一笔要留下，哪一笔不要留下。翻过来把命纸褙纸都揭掉，就剩下历代补的上千个条。但是你哪条要留，哪条不留，你都在脑子里要记着。补条上有画意，弄不好，小人的鼻子眼睛就没了。全揭下来不行，拼不上去了。怎么办？揭一半潮一半，涂上糨子，把它贴回去，之后再揭另一半。你想想，《游春图》里人特别小，一揭没揭好，眉毛没了，帽子掉了。好多专家凭建筑和服饰鉴定画的年代。沈从文来了讲服饰，傅熹年看古代建筑，它有好多历史信息在里边，你要给它揭掉就没了。

还有，黏合剂的厚度你得注意。黏合剂的厚度太厚，裱好了以后它就裂。为什么老师傅裱了那么多东西，裱得那么好，还有一个原因，他用料用得也确实不错。因为它本身是国宝，我们就可以从库房里提点好料，提点民国的纸，乾隆的纸我们可以用用。纸还有一点，不像现在，一张都不能用，都是文物。那时候呢还能用点宋锦，现在一点都不能用了。我记得非常清楚，《游春图》呢师父说最关键的，这个边儿你一定要用乾隆高丽纸，把乾隆高丽纸揭得很匀很薄，当局条[11]。

虽然杨师父说这画不论哪个朝代的都要一视同仁，但真修到国宝还是不一样，验收的人都不一样。一级文物谁来？徐邦达、启功来验收。徐邦达看画意，王以坤看装裱，刘九庵来也看画意和装裱，他们分工不同。

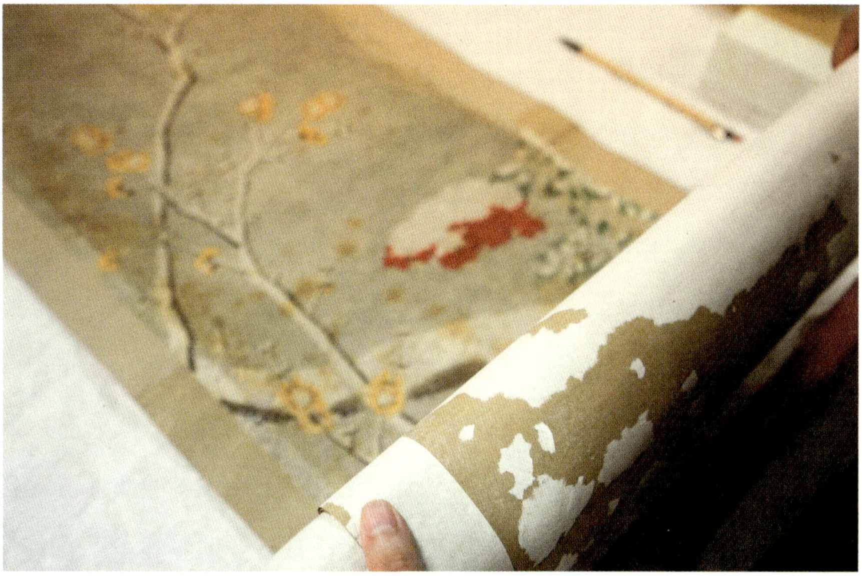
修复中的画卷

师父在那个时候，跟那个唱戏似的，唱出名来了，好多人对他很尊重。有时一看是杨师傅修的，他的表现就是那种“杨师傅修的，不用验了，收了吧”。当然他不能说出来，是这个表现，看一看单子上的名字：行，收了吧，就完了。看别人的：你打开我看看，这儿缺点颜色，那儿有点折，且看呢。他给你挑出毛病来。那个时候师父也护着我，看那验收的来了，一看到我这儿了，他就站起来了。人家看到徐建华的会说：这跟杨师傅学的。本身师父要求的就严，要验收了他先看。

七十年代工作室里没有任何降温的设备，电风扇也没有。砑光的时候旁边老放一个手巾擦汗。不是故意不弄风扇，穷嘛，国家就是没有。

后来有风扇了，说裱画室不能搁，把文物给吹坏了。一直到八几年才有电风扇。老师傅热的，大中午拿着笔，汗糊一脸，热得够呛，就是这么着，干起来也是争前恐后的。

现在我们太省事了，以前跟这院子就天天扫，得扫了三十多年院子了。天天早晨一来了打水，打完水扫院子，大热天也要拔草。好像故宫那时候有一个规律性的东西，什么院长来了也一样，哪怕蒋介石当故宫博物院院长也照样这么转，什么头不头的。我最近到养心殿去了两次，现在整个都变了，收文物、装文物、抬文物都由公司管了。原来都是自己干，全是自己。除了特别老的不让他上去，一般的中年的或者稍微老点儿的该上去上去。高的，太和殿的说明，吴院长在的时候不许有电子版的，都是手写的说明，周老师跟我一块贴，我们都在最上面，高极了。一提这个就太复杂了，你想想，午门外头那儿一刮风，你纸不崩吗？一崩了每两三年就得换一回。好家伙，两三年就得爬上去一次。

杨师父一直没离开裱画室。那时院长派一辆汽车给这几位老先生轮流拽来，看看聊聊。1980 年分房，我给他搬的，从东华门搬到工体。文物保护所也搬家，跟我们搬到一个院里。他在那儿坐着呢，那车倒到他跟前，他站起来拿拐棍杵汽车，汽车还倒，给他撞了。得，腿动不了了，来不了了。1982 年的时候去世了。

1979 年中央有一个文件，说单位能改企业的改企业，文物修复厂改成企业，就单独核算，和故宫的账脱节了。我们就归服务公司了。招来一大批人，凡是1979年9月份来的那一批年轻人就是在这个前提下来的。1987年又成立文保科技部，跟修复厂合并成一个厂子。这个年纪顶上来一批，但是又遇到出国热，裱画室也走了四五个。出国热第一批是干部子弟，第二批是高级知识分子的子女，最后是一般老百姓的子女。裱画室走了五个。当时是时兴，一开始出去干得还行，后来也不一定好了，现在一比，有的还没我赚得多，越比越不行了。

院里安排我去读大学那是七几年的事了，工农兵大学生嘛。我没这个想法，还有我跟老师傅在一块儿关系还挺好的，再换一个环境就……所以就算了。1983年、1984年，让我负责整个修复厂。没这能耐。我不爱得罪人。我这人当不了干部，跟人打交道跟物打交道是两回事，一个会说话的，一个不会说话的。文物不会说话，但是不会说话你也得尊重它，是吧？会说话的那个不是就更生气吗，你管谁不也得生气吗？

当领导我真是不愿意。我喜欢这种工作，没准一换工作就不行了，达到不了我现在这个效果。上完大学的人就不在这儿待着了，其实不一定比我在这儿待得要好。上完大学哪有说还修这个的，都想当个小干部，心不在这儿了。你看顶替我去上大学的，上完大学没回修复厂，去了博物馆，从博物馆调到文研所，在办公室一待，跑跑事，没到岁数退休了，其实什么都没干成。还不如在这儿还能修点儿国宝。我喜欢干这个工作。

那时候领导职称和收入挂钩的很少。以前几位老师傅拿的工资比修复厂厂长高很多。那时候厂长没多少钱，才八十多块吧。现在的年轻人也分人，不一样。有一种年轻人是喜欢当领导的，有一部分人是喜欢搞专业的。反正搞专业的人就是脑子比较简单，想得比较少，单纯。

当科长时我也很少管人，不怎么说话，在领导面前不说谁不好，不愿意得罪人。杨师父也是，做好了他看在眼里也不言语，做坏了也不言语，不太爱说。中午喜欢一块打打牌开个玩笑。当时南方一起来的几位老先生关系都挺好的。南方人到北方来本身就人少，热热闹闹几家吃顿饭，春节拜年互相串串，亲戚似的。从“文化大革命”关系就不好了，就有分歧了。你家里出身不好了，你是资本家了。也不吃饭了，也不怎么串了，也不拜年了。

所谓文物修复的“最小干预”原则，一开始提出来是因为西方人不会修中国画。中国字画流落到国外，他们没有那个工作能力，没有修复能力，他对中国画的修复理念也不理解。二次世界大战以后好多日本人到国外去裱画，把中国画按照日本画裱，或者按照西方的画裱。现在他们也都是照中国的方法修了，中国画必须按中国的装裱修复方法修，知道吗?

我们现在还是修旧如旧，没有差异性修复。要那样更好修了，不追求原件不更好修了吗？要按这个还修它干吗？我们还保留呢，保留明代、清代的接笔，要保留。你看《清明上河图》可能有明代接的笔，《游春图》没准有宋代、明代接的笔，要保留。他不会做，他当然就强调差异性。

整个故宫有一个原则。我学的时候就是传世文物必须要接笔、全颜色；出土文物就不全颜色不接笔；书法要是大面积坏了也不接笔全颜色，就完了。这是故宫的原则，它不按外边的原则走。要那么说的话，我们这儿老师傅修东西就用不上他们的高超技术了，摹画室就解散完了，还接什么笔、做什么画啊，当时为什么弄摹画室？就是让他们接笔。

全色是把颜色全成原来的颜色，你补上的纸或绢比原来颜色要浅，所以一定要跟它颜色补齐，看不出来，那就叫全色；接笔就是说这儿有缺画意，断了的，摹画室去接。全色我们自己调，自己修。那工序特别多。从一开始就要注意了。从那张东西一拿来就知道这张画坏的程度怎么样，用什么方法、用什么技巧、用什么工具、用什么材料来修它。

画拿来先不要动，考虑一个礼拜都不要紧。《游春图》拿来，《清明上河图》拿来，考虑一个礼拜没事，你坐那儿看着它，你就上那边溜达溜达找材料去，补的材料。用什么纸、怎么做，第一步怎么做、第二步怎么做、第三步怎么做。材料以前可以库房领。现在有五几年的、四几年的、七几年的。没有文物的。原来有文物的、非文物的，或者仿制文物补这个原件，现在不能用。我们就用新的。不好用，因为没有包浆。以前还可以自己去琉璃厂买点儿旧画，现在这也不行了。因为每张都是文物。殿里面的芝麻纱都是文物。1985 年之前还可以用，现在不让用了。乐寿堂的芝麻纱是道光的，现在都是新的，寿康宫里的都是新的。

绢可以用五十年代、六十年代、七十年代的，解放前的文物都已经不能用了。纸也一样，我们就压着用，每年买新的，每年用旧的以保证库存，倒着用。但是老纸不能用了。你现在给造纸厂钱它也做不出来以前的宣纸。应该拍造纸的，应该前几年就拍《我在故宫修文物》。

找材料是一个很繁琐的工程，很困难的。找材料也是一个眼力活儿，是眼力也是经验积累。

现在大家的修复态度跟以前不太一样，以前是哪个好修哪个，特别有勇气，现在好像是有点儿怕捅娄子。领导都怕捅娄子。我接触的一些国外的博物馆、国内的博物馆都有这种态度，世界通病。能小修的小修，能不修的就不修。你看我们这儿多少年了，没修过好的文物。年轻的同志应该跟老同志修一些特别好的。裱画室都没有特别好的真迹，摹画室他们更没有。以前那院长都是美院调过来的，从杨伯达开始一直到杨新，就是对书画有兴趣，他就要修。还有徐邦达他们，大家喜欢修这个，有荣誉感。修贴落儿有什么用？锻炼不出人来。你在协和医院跟社区医院见的病症能一样吗？协和医院见的都是疑难杂症，到社区医院都是高血压，到那儿就拿个药，没别的。

修不同的文物，手段不一样，装裱手段不一样，你见的材料不一样，责任不一样，压力不一样，好多不一样凑在一起了，坏了，思想就没法提高、提高不了。我觉得有一部分人应该有一个工作室，带些年轻同志修些故宫现存的较急需要修的精品，应该这样。

是不是老师傅们都修过了？青铜器可以这么说。青铜器差不多了，这科技部的各种门路的事我都知道，他们说这句话我同意，他们没有什么可修的了。书画不一样，我这辈子、下辈子、下下辈子都修不完。很久没有见过好东西，一级文物、二级文物，都见不到。

我跟你说，这儿学生修贴落儿都快极了，手都非常地快。他们修得又好，修的质量非常高，比以前我们修的水平要高。他们上升的空间应该在文物上面。我来的时候是一张白纸，人家专业肯定比我那时候强。所以看年轻人不要用老的眼光；第二个，不要用老的制度来管理，应该跟他们打成一片。你不能说今天怎么又来晚了，老是反复说这个，人就烦了。大家一直在要求进步，你得给他这个空间，你想做什么，想跟哪个师傅去研究什么；还有就是领导要多表扬、少批评，他的进步就快。

争取修好的文物也是给年轻人争取机会，争取机会他就成长得快。最起码故宫跟别的博物馆肯定得有不一样的地方。故宫存那么多的文物是吧，那么多的好字画你得跟那个成比例啊。

我那时候年轻，说跟老师傅修《游春图》，让我镶，镶就镶吧，弄就弄，他让我干什么就干什么，中午吃完饭他睡觉我也睡觉，起来就干活，完了就食堂吃顿饭，就那么回事。现在我觉得，哎呀，我摸过很多宋画，我见得太多了。不是杨师父修的，别的师傅修的我也在场，我都看见了。他们所用的手段，他们用的材料，这别人说不出来。

修到好的文物有三个阶段，第一个阶段就是紧张，任务交给你了，你拿这个怎么修，用什么纸怎么弄，达到什么效果？跟那屏幕似的，一过一过的对不对？甚至晚上也要躺在床上想一想。好几天心情老是烦躁的，干起来后更紧张了。干到一定程度把画芯托好了，事就算都完成了，那装裱就太简单了。就可以聊聊天，吃个饭高兴了。等验收人来了验收了，一说这挺好的合格了，那你不就更好吗？

我到这儿来给不了我多少钱，给我连饭费加起来三千块钱，一个月。我出去开一次会一千块。要真为挣多少钱我就不来了。来这儿一是带新人，第二这儿有一些事他们还得问问我。

干我们这行，不倒文物发不了财。裱画的从旧社会到新社会，不倒画、不卖假画、不收藏，你裱画铺开不了张，顶多维持生活。你看在琉璃厂开裱画铺特别大的，它后边都有卖画的。琉璃厂最好的就是王以坤的铺子，他都敢卖《游春图》，你想想，那个铺子多大，那是裱画铺吗？也裱画，但是他后边经营呢，倒文物呢。

跟一个月能挣几万的比，我们这儿呢，只能弄一个生活费。但是这儿比较稳定，还有一个，艺术氛围比较好，能看到真东西。能看见真东西，你才有修复的技能。你要站到比较高远的地方，再加上勤奋努力，你才能把这手艺继续下去。

“石渠宝笈特展”展出的时候我也去看了。我不看画，看画干吗？我看观众的反应，我得看看他们，他们对我们裱画的反应，对我们使用的修复材料、装裱形式的看法。我就看看老百姓对这些东西的认知。很满足，我跟你说。我不看这画，我看人，我看他们在说什么，排那么大队那么好几个小时干吗来了都，是吧？

站在那儿我特高兴，为什么呀？这是我们血汗和智慧的结晶你知道吗？我去检验成果去了。再看看我们裱的这些东西，怎么裱的，甚至于当时是哪个老师傅带的、谁裱的这个我都记得，跟回放电影似的。看看，再看看。

杨泽华口述：
马蹄刀里有装裱技艺的传承

我是 1981 年来的故宫。当时故宫博物院跟英国有一个合作，复制青铜器，招了一帮年轻人。我在那儿跟着赵振茂老先生干了三年，干完了以后就分到各个组。我觉得不管什么事儿都是一个缘分。我更喜欢的就是裱画，从那会儿一直干到现在。人家说了，裱画就跟那大酱缸似的，你掉进去了，这辈子就爬不出来了。

裱画室的发展其实挺有意思的。建国时文保科技部只是一个修复厂，做些简单的修复。后来形成这么大的规模，应该是从 1954 年开始，因为急需修复像《五牛图》《清明上河图》这些珍贵的书画。国家文物局还有博物院的院长，从南方挑选了有名的一些修复大师，请到了故宫，组建了故宫博物院书画修复的基础。我觉得他们的贡献不光是修复了《五牛图》《清明上河图》，更大的意义是他们带了大概有十几名的徒弟。也就是从那时起，博物院开始有了书画修复技艺传承的脉络。等于我算第三代。这些老师傅当时都是从苏州上海那些地方来的，所以我们传承的是苏裱的技艺。

我刚来时是复制青铜器，所以青铜器的基本功已经练过了。搓铜、磨刀，那三年其实已经磨过一次性子了。说实在的，我们那会儿淘气，因为我们那帮小伙子什么气都淘过，也净挨批评。在后海游过，筒子河也游过。筒子河是不让游的。吉他就是那时候学的，王有亮也会，我们刚看港台片时就被迷住了。你也知道，过去有茬琴那么一说，当时没人教，谁也不知道去哪儿学，但是特别想拥有一把琴。我记得那时候二十多块钱一把琴，中午休息的时候，我跟王有亮一帮年轻人弹吉他唱歌。包括现在木器室刘师傅中午有的时候还拉那二胡去了。不敢去后海茬琴，到不了那个级别，就是喜欢唱唱歌。我们那时候下班不回家，一般去工会，打桥牌，打球，乒乓球、篮球、足球都玩。故宫打篮球是有传统的，我们那会儿老跟当兵的比赛。

蛤蟆镜、喇叭裤，都干过，反正我们头发都挺长的，最长的时候头发都过肩了。老师傅倒没怎么说，领导有时候会说。领导那时候把我们当孩子，都小，那时候。王有亮好像因为出去玩被师父说过，我们也被说过，有时玩疯了回来晚了。王津没被说过，他比较正经，打桥牌他也不跟我们玩，打球他也不跟我们玩，滑冰他跟我滑过。

我到裱画室的时候，已经熟悉故宫里的节奏和要求了。裱画室有裱画室的基本功训练，老话说的隔行如隔山，所以又当了一次学徒。当时我们有三个人去裱画室，厂里还拟了一份师徒合同书，大概内容就是谁带谁，三年之内要完成什么、学到什么。在这之前，老先生教我们师父的时候，明确是师徒关系，但是没有合同书。

传统师徒制学徒都是三年，这三年主要是基本功训练。包括现在我们也是。新来的一年之内不能碰文物。然后在这三年，慢慢师父会让你打一下下手，端个盆、打个水、擦擦汗，或者是“你帮我翻一下抬一下”，慢慢你可以上手去跟着师父一块儿干了。实际上，你在打下手的过程中已经开始接触文物了，那时你已经知道正确的手法，特别是在意识上知道小心文物。记得特别清楚，在铜器室时赵先生跟我说，这铜器有规矩，一开始你只能看，别轻易就伸手。带提梁的东西，别伸手就拎。他说得对，青铜器这东西，有时看着挺完整的，但是它内部的损伤你不清楚。一失手拎了，它内部已经锈蚀了，坏了那不麻烦吗？各科室都有自己的规矩。

虽然又当了三年学徒，当时并不着急，因为你知道这是一个水特别深的行当。文物有普遍性的伤化受损，另外每个文物还有它的特殊性，每个文物你碰到的情况都不一样。而且，不像 IT 行业可以不断地跳槽，传统技艺一旦想干肯定是一辈子的事。我们这儿没有说学两年走了，不干了。可能有干不下去了走的，但是还真没有来回辞职跳槽的。

每个传统行业的学徒都是有讲究的，我自己也在写这方面的文章，比如说磨刀训练。马蹄刀磨起来特别不容易，又很有讲究，比如刀刃不能是圆钝，一定要是一个斜面。后来有好多新的刀具出现，比如说美工刀，特别方便。刀片用钝了不用磨，一掰又是新的，不行我再换一刀片，还快。但是为什么还要找厂家去按照老样子做马蹄刀？每个人我都给他做一套，不同大小的马蹄刀。马蹄刀首先代表了书画装裱技艺的传承，特别是苏裱，从宋代就有了，它有历史信息在里面。另外，磨刀的过程，其实就是在磨你的性子。半天你都不一定磨得好，要不厌其烦去磨，磨完要拿马蹄刀挑刮纸。宣纸，一刀一百张，拿一摞，一页一页挑，把纸上的一些小沙粒、脏东西挑掉，挑完这一百张，调个面，再把那半拉一张一张挑干净了。其实现在这宣纸也不像过去有很多的杂质，你不用挑也没事。实际上

《崇庆皇太后八旬万寿图》的三幅局部图

这两个过程就是在磨你的性子。让你能坐得住，能静得下心来。

我进裱画室就是跟徐建华师傅。我俩脾气有点像，不管是师父还是什么，都是一缘分，得投脾气。我们这儿不乏失败的师徒关系，谁也看不上谁，这就完了。

我刚来的时候也坐不住。有一次在镶活，给一张画镶边，这个流程不能断。我爱玩，正好休息时间，外边一叫我，“蹭”就跑出去了，活没干完。等我回来徐老师已经给我弄好了。人家老先生跟我挺客气，说下回想玩就踏踏实实玩，想干就别想着玩，这不能中途就断了。人家说得挺客气，但是说得跟扇我一大嘴巴一样。就那一次，不用再说第二次了。

你看研光打蜡，因为那砑活有一节奏，咣嗒嗒咣嗒嗒，天热，师父在旁边累得睡着了。但是你真要是偷懒的，眼睛就睁开了。为什么？节奏不一样，声音不一样，他就知道你心里怎么回事。不想使劲了，想快点，咣咣咣咣，节奏就不一样了。师父不用看着你，他听声儿就知道你怎么回事了，“歇会儿吧”，人家也不说你。北京人这幽默，他这话会反着说，歇会儿吧？你心里不好意思了。

转变是不知不觉的。比如我们干活时上下手的配合，师父干活时你打下手，下手不容易，不能让师父老跟你要东西，他一伸手，你得知道他要什么。实际上上下手配合好了是很安静的，不用说什么，师父反一把手的时候，你就知道该拓那飞肩[12]了，不用他说，早早地就给好了，他要竹片再递给他。这个过程特别安静。不知不觉中上下手有一个转换，师父可能是有意的，比如说碰到活儿，他说你上。比如覆褙纸，技术要求挺高的，一开始师父不敢让你上手，它是一个渐变的过程，可能师父会有意无意地，你也不知不觉地这活儿怎么干着干着上手了，师父给你打下手去了。实际上是师父对你的一个认可的过程，他有意把你放到前边让你去干。

没到上手那个位置时，你会有依赖性。师父在你边上站着，你心定，不怕出事。但是角色转换过来，不一样了。就跟学开车一样，学开车都容易，但重要的是出现情况以后判断和处理的能力。修复当中，每张画情况都不一样，出现一个新的问题，以前师父会帮助你，但是角色转换以后，这是你需要具有的一个能力。当然这一定是建立在你积累了很多经验之后。

我刻意培养我的独立意识，觉得为什么师父老不让我独立。有一天趁他出去，我独立清洗了一件，那是我进裱画室的三年之后了。虽然也是按照流程来做，心里还是扑腾，师父不在边上，怕出问题。师父回来说不错，很好。

印象比较深的，师父的手卷做得特别好。另外我觉得我跟他学的是一种统筹学。以前跟他一块儿出去到哪个博物馆干活，最重要的就是工作计划、安排，比如说，在你来的这二十天，这期间你要修复完的有多少，牵扯到什么？我要去买什么东西、买多少材料？不能买多了，浪费也不成。多少材料、进度应该怎么安排，我先弄哪张画，哪个简、哪个易，我怎么穿插着安排，我学到了不少这样的东西。一个管理学。所以他们拍《我在故宫修文物》的时候我老喜欢扮导演角色，教他们应该怎么拍。

我正好也想总结一下传统师承制。过去叫师徒如父子，我说师徒的关系是维系一生的。它不是只师徒三年，完了以后，就解除合同了。形式上的合同都可以解除，一点问题都没有，但是在这三年当中，产生了一种关系，这种关系是维系一生的。即使这个形式化的东西不存在了，师父也会无时无刻不在关心你，包括你以后的成长，他都会关心你，不断地跟你提些经验什么的，它是一种师徒如父子的关系。

传统中师父对徒弟有一生的关注。所以师承制对传统技艺的保护是有优势的。它不像大学里教课，老师教完课走了，下班回家了，你学生明天怎么样不管了。不一样，真不一样。

从出发点来说，师承制有一个积极的起点。咱就说过去的铺子，徒弟肯定要好好学，学会意味着你有饭碗，有赚钱的行当了；师父会好好教，因为徒弟的一切都会影响着他，别人说你不好，说谁？不是说师父不好吗？你干不好这铺子名声坏了，生意不也没了吗？所以传统师承的出发点就很积极，学是要好好学的，教肯定也会好好教的。

传承体现在技艺的传承，也体现在精神层面上。很简单地，我现在基本上是第一个来，来了以后要开门，检查安全、打水、擦地。没有人要求我这么做，因为我的师父们，他们当时就是这样，每天都是第一个来，最后一个走，检查安全、打水擦地。等大家来的时候呢，工作室的这些都收拾好了，工作前的准备都做好了。所以我是耳濡目染的，我觉得我是从他们身上学到了这些动作。每天五点半起来，不到六点坐上地铁，最后一段是从东四走过来，到单位也就是六点四十。每天早上从东四走到公司，下午从公司走到东四，就这么走，走着走着就老了。

这种东西不是刻意让学的，更多的是你自己亲身去感受。新来的我跟他们说，我不要求你们跟我一样来那么早。但是这种东西是言传身教，你会影响别人。像我徒弟建祥，他每天跟我一样早，我到他也到了，还有李老师。来了还是老一套的东西，就是很平淡、平常的东西。开门、打水、擦地、收拾屋子，每天就这样，它是一个传统了。

什么叫非物质文化遗产保护？这里边除了技艺，还有一个精神层面的东西。它也是代代相传的。就是对故宫的热爱，对你本职工作的热爱。你只有热爱，才会这样去做，要不然的话不可能的。我们也碰到好多苦恼的事，现在招聘的孩子，部里面左强调右强调纪律，还经常会有人怎么的。其实真的，如果我们像我跟我的师父，还有建祥作为徒弟，将来也会有他的徒弟，以后还用去说吗？大讲特讲我们有什么制度要求、不能迟到，我觉得那太没意思了。

传统技艺需要朝夕相处。一个就是刚才我说的言传身教；再一个，传统技艺里面好多东西是难以描述，只可意会的。它是真的要跟师父朝夕相处，才能慢慢悟到的。

比如说裱画修复中好多说不清楚的东西，力道的度，应该是一个什么样的力度，你怎么能说得清楚？调颜色，师父说再浅半色、浅一色，一色是多少？你不知道，师父也说不清楚，所以过去的老师傅都怕写东西。现在对我们要求高了，评职称写文章，还论文性的，你看不是难死我们吗？这东西就是你老跟他一块，慢慢干，你多看，慢慢你就知道他到底是一个什么概念。所以我们现在不是也恢复传统师承制了吗？

不仅恢复传统，还要赋予传统师承制新生命。过去那铺子，他只在乎自己的徒弟，别人不好才好。我们现在赋予传统师徒制一个新生命，就是说它是一个团队，我想提倡团队精神。我们科组会定期地举办业务交流，不是说我只教我自己的徒弟，不教别人。你看包括徐老师，谁问都告诉你，而且都特别认真地告诉你，没有什么保留。每个人都是自己的徒弟。当然也不排除，有的人虽然岁数不大，但还是有过去的毛病，只跟自己的徒弟说，还不让别人听。但是我会营造一个团队精神的氛围。

中国书画它的载体就是纸、绢，这个没有改变，所以我们的修复技艺也不会有太大的改变。但是任何东西都会受社会发展的影响，每个时代的装裱师都要有一种开放态度，对新的事物积极地去认知和接受，你不能拒绝时代。我们现在已经有很多科技、仪器应用到修复当中了。随着不断地有新人到来，我也让他们接受一些新的修复理念和必要的程序。比如以前的修复，只有一个修前、修中、修后图片的对比。现在修复前，我们会做大量的测试，包括颜料、纸、绢，这些都是重要的原始数据，会对你的修复有指导性。比如好多颜料用肉眼你看不出它是什么样成分，但是数据告诉你这个东西是什么，我们修复当中就可以参考这个。

我写了一篇文章，我想表达的是“修复、保护是一体化”的概念。比如说《崇庆皇太后八旬万寿图》，就电视片里的那张画，这张画修复完以后，我们会对绢的质地、包括绘画方面的东西做一些研究。我们的修复档案都要写得非常详细。这个可能是跟以前的老师傅、老先生们不太一样的地方。我现在就要求他们，你修完东西，旧的材料一定要收集研究。包括我这两年干的事：我们找厂家做了马蹄刀；传统用的水油纸没人做了，专门跑到安徽找厂家做；找厂家做仿古图案的绫子；从库房提画，对照老的图案做仿宋锦。这样对宋锦的发展也是一种保护，而我们在修复当中选择面就宽了。

非遗保护是全方位的，不仅仅是单一的纵向脉络的一个保护。

我也跟新人说，现在对你综合素质要求挺高的，你干这个，最起码纸是怎么做的你得知道，纸你了解，绢你得知道，丝织品它是怎么回事你得知道，颜料你得知道，墨、笔你都得知道。这每个里面学问都很深。所以每次出去我都带年轻人，让他们可以多看多学。有的人为什么特别？跟学问的广度和深度有关。你的知识面的广度跟深度越大、越厚，这个人写出来的东西一定跟别人不一样。（笑）我也一直在努力做这样的人。

我刚从迁安回来，去找高丽纸了。这高丽纸跟咱们以前说的乾隆高丽纸不一样，说叫高丽纸，实际上它跟朝鲜没什么关系，实际上就是咱们国内自己生产的。它的原料都是桑皮。这造纸也是一个特别深的传统行业，包括要当年生的桑树，要在当年初雪之前砍下它的枝条，这个皮才最好。过了这个时间，桑皮就老了。而且必须是当地的红桑，别的桑树还不行。

我还是比较乐观的，可能都说裱画材料不好找，看你是在消极等待还是积极地去做这件事。我的能力也有限，我老是说每代人有每代人干的事，但是不管多少，你积极地去迈出这一步。后边还有人，每个人都积极地尽自己的力量去做一点事。我相信总有一天，所有的事情都会变得更美好。

其实修书画更多的是一个枯燥的过程。揭画不是一会儿半会儿能揭完的，有的画甚至揭一个月、两个月，那个过程是很枯燥的。他们采访，我说你别希望我给你们讲什么新鲜的事，我们很多时候是很枯燥的。揭画过程中，你每时每刻都得小心，因为命纸跟画芯就挨那么近，而且特别薄。你一定要仔细小心地一点点揭，急不得、恼不得，每天就是趴在那儿一点点揭。对，这个就是拼耐心。其实，这个人将来能不能干得好，在这个过程中就能看出来。拍片子，应该体现我们在这些枯燥无味、平淡的过程中，怎么来展现这个技艺。

修复过的作品，印象最深的还是2003年到2005年的倦勤斋通景画的修复。这工程实际上是我的前一辈和我们这一代两代人合作，完成的一个比较大的工程。通景画是郎世宁的学生画的，算是壁画，起室内装饰作用。它是用西画的绘画方式，颜料层非常厚，时间长了失胶了，颜色一碰就掉。而且它画幅也特别大，每张之间的画意都是连贯的。难题一是如何加固矿物色，另外一个就是说，我们不光要把它揭下来修复，修复完了还要给它复原回去，画意还要严丝合缝，不能有一点的变化。实际上这些东西，我的师父也没有很多的经验。所以呢，我们等于是两代人在一块切磋研究，做了很多的实验。而且国外专家的参与，让我们也学到了很多国际上的修复理念。最后，在我们以前工作中没有太多的分析测试，在倦勤斋通景画修复中加大了这方面的比重。还有对画幅周边的建筑构件的保护等，都是我们以前没有接触过的，所以我们这次有了一个“整体修复工程”的理念。再干别的大画的时候，我们其实已经有很多的经验。包括修《崇庆皇太后八旬万寿图》，就是从那儿锻炼出来的。

所以这个修复有几个代表意义，一是说这画是一个整体的修复工程，它不同于我们独立的裱件的修复。另外它有代表性，实际上从那次修复的工作当中，我们可以非常骄傲地说，我们接过了前辈的班。因为这个东西是他们也没有碰到过的。

国际上文物修复理念有“最小干预”“差异性修复”原则，和中国书画装裱的“修旧如旧”原则的冲突，表现在修通景画时，我们跟美方的专家有过争论。但是我们不光要有一种积极的态度，还需要有一种包容的态度。我们达成了一个共识：在顶部，我们可以全补得忽略一点，像西方一样，可以有一个差异性修复、反差大的识别，因为观众离它比较远，看得不是那么清楚。但是在墙面部分，观众面对面能看到的地方，我们就全补得细一点。但是在这之前，已经做过一个很详细的记录，包括伤创的标注。虽然在墙壁这部分我全补得非常细，但是能找到哪儿是残缺的，哪儿是后补的。

但我们的修复理念还是以“修旧如旧”为主。我跟他们说，永远要把传统理念作为一个最高的追求，把过去老师傅修图的三面光、四面光[13]当作自己修补的一个追求。我老说这技艺为什么能传承，就是古人的智慧包含在你的每个操作手法、每个小细节里面。

我觉得我一开始对那些来应聘的博士生、研究生希望也挺大的，但是现在我也降低标准了，我觉得懂事最好。真的是，别把无知当个性，别的都好办。因为我们现在碰到的就是该遵守的制度，他们甚至有一些藐视。

三年学徒制仍然适用于招来的本科生或研究生，而且我们招聘的孩子，不一定是学这个的，他来的时候就是一张白纸。所以我觉得懂事是更好的一个标准。

还看你怎么跟他们沟通。我也说干活的时候不能看手机。有时候他

杨泽华在指导学生

们不知道，戴着耳机就干活了。我说没事，一开始都是这样，以后千万不能这样。不能戴耳机听音乐，会影响你，分神，比如说研活很简单的一个动作，但是你一分神哪一块出毛病了，就前功尽弃了。干我们这行有规矩，干活得专心，不能有别的。

这就是一习惯问题，我老说最后的完美，是很长一个过程当中每个技艺的完美，一个综合的体现，中间出现一点问题，后边都会有影响。以前的那种学徒制，其实就是改人的习惯，把你最后改成一个适合做这个的人。

我觉得在故宫博物院有一个得天独厚的条件，你可以看到这些东西。因为你在眼前看跟你在展厅看，那个感觉是完全不一样的。另外我也有这种感觉，比如我碰到这些东西时会有一种穿越感，有触摸的感觉。你会有一种想象，当年古人是怎么来画这个的。我这人有画面感，看见什么东西会有不同的画面感，你会觉得挺不容易的，也会感慨，人生短暂、历史悠长，这么多年，这画到我手里头，不容易。有种责任感。

我老说，其实我们这些人到外边混不了。故宫跟个小世界一样，外边社会复杂得多。我们出去真混不了。为什么我喜欢这个行业，我老说你跟文物，你的付出跟所得是成正比的。我精心地修复这张画，我好好干，一定会在某个时刻，这个修复的东西会给你一个回报。它不像外面人跟人打交道，你付出的和你想得到的不一定是成正比。所以老说你对画好，画一定对你好，就是这样。

师父老说文物这事不怕一万就怕万一，你不定哪儿出点错，它那个损失是无法弥补的，特别危险，古书里说的如履薄冰。所以我开玩笑，我说我希望安安静静地退休，把这晚节得保住了。

注释

7.【明】周嘉胄著《装潢志》，中华书局，2012 年。

8. 排笔，用长锋狼毫制成的管状笔，由十八管并列制成，用来刷糨糊，托染绫绢纸张的专用工具。新排笔使用前要用矾水浸洗干净，每次用后均要洗净晾干待用。严桂荣著《图说中国书画装裱》，上海人民美术出版社，2016 年。

9. 贴画，又叫上墙、上挣子，书画覆褙后上墙晾干。上墙应在湿润天气，下墙应选干燥天气，忌梅雨季节和冬天大风天气。如果条件允许，书画在墙上的时间越长越好，最好经历阴晴燥润的不同气候。【明】周嘉胄著《装潢志》，中华书局，2012 年。

10. 砑光，又称砑活，将书画裱件面朝下，在覆褙纸上均匀打蜡，以大块平整鹅卵石在其上研过，使其平展、熨帖，褙纸光滑，以免画芯与褙纸在舒卷中摩擦受损。

11. 局条，是连接画芯与镶料的桥梁，一方面保护画芯，另一方面可衬托画芯笔墨色彩，起到装饰美化作用。陈子达主编、李漫著《书画装裱》，中国美术学院出版社，2015 年。

12. 飞肩，又称废肩，裱件背面离天杆约二十五厘米开始，用绢做包首，其他地方用纸做覆背，纸有多余的边作上墙粘贴用，而包首无，因此要出两条绫边贴在包首位置作为上墙粘贴用，因在天头，将这两条绫边称为废肩。待作品下墙时将两条废肩撕去。苏州博物馆编《治画记忆：苏裱国家级非遗传承人范广畴谈艺录》，文汇出版社，2015 年。

13. 四面光，全色要求做到从上下左右四个方面看上去，都与原画色泽光度一样，看不出破绽，行话“四面光”。【明】周嘉胄著《装潢志》，中华书局，2012 年。

肆

摹画室

摹一张新画，
等于延续八百年

1954年6月，时任华东局副秘书长、党校副校长的吴仲超被调任故宫博物院院长。这是后面一系列文物修复故事的开始。1953年故宫已从上海、苏州、杭州等地调来张耀选、杨文斌、张兴顺、孙承枝等几位南裱名家，1957年吴仲超院长又调入郑竹友、金仲鱼、金禹民等一批专门临摹复制书画的人才。1960年，在原文物修整组的基础上成立文物修复厂，有古铜、钟表、裱画、摹画、书法篆刻等十四个行当，同时在青年中选择聪明稳重者，跟随大师学艺。修复文物的同时，培养修复文物的传人。

纸寿千年，绢寿八百，即使不算战火辗转，书画卷轴也只能保存八百年。以临摹的方式来保存原件自东晋已得到重视，兴盛于唐宋。[14] 历代都有宫廷画师对古画进行临摹复制，至宋徽宗时期，更组织皇家画家大量临摹前朝名迹，“训督甚严”。传世作品中，有相当一部分如东晋顾恺之的《洛神赋图》《列女图》是依靠宋代的摹作才为后人所了解。书圣王羲之的《兰亭序》，真迹早就成为历史谜团，它的三种最佳唐代摹本都收藏在故宫，也具有特别的文物价值。官办临摹明清仍有，民国时衰微。

同时，中国绘画强调“神韵”“写意”，是作者“天人合一”的心灵表现，在造型上不像西方绘画那样讲究写实，而是散点透视，适度的变形与夸张，所以初学者无法以写生进行训练，而是通过临摹前人作品掌握技巧，所以，临摹也是学习中国绘画的一个重要手段。

民国初期，上海地区集中了一批专以临摹传世名画的书画临摹高手，成员主要有谭敬、汤安、金仲鱼、郑竹友等，他们制作古书画时分工合作，或绘画，或写字，或摹刻印章，或装裱做旧，所摹作品惟妙惟肖。与此同时，北京、天津画坛也出现了一批绘画高手，包括“湖社画会”

的陈林斋和著名女画家冯忠莲（陈少梅之妻），以及专门临摹书法印章的金禹民。

解放后，故宫博物院成立摹画室，有计划、有步骤地进行古代书画的临摹复制工作。郑竹友和金仲鱼先生负责摹字摹画，金禹民先生负责摹印，这个组合堪称高手云集。

1956 年 9 月 1 日，高中毕业的刘玉到故宫报到。对这个家庭成分不好的京郊青年来说，能找到一份工作，已属万幸。他特地挑选学校开学的日子到单位报到，故宫于他，更像是一座新学校。1963 年，刘玉拜金禹民为师，成为当时故宫书画印章复制的唯一传承人。解放后，摹画室专门复制印章的只有金先生一人，后来近四十年的专业工作也只有刘玉一人。

1962 年，荣宝斋的陈林斋和冯忠莲奉荣宝斋之命到故宫临摹《清明上河图》。根据当时规定，故宫的文物不能出宫，两人只能隔着玻璃仔细用放大镜看这幅顶级文物，然后贴着照相师傅所拍的黑白照片构图，再对照原件和照片，一点一点地临摹复制。冯忠莲长子陈长龙曾到故宫探望母亲，“西冷宫”一片寂寂，母亲独自描摹，完全是“古卷青灯”景象。古画临摹实际上是一次再创作的过程，不仅要潜心研究每一起笔、落笔，掌握其运笔、用色风格，更要体现出原作韵味。

他们临摹了四年多时间，尚未摹完，1966 年“文革”爆发，故宫闭馆，《清明上河图》的临摹工作不得不中断。

1969 年，包括吴仲超院长在内，故宫的全部职工被下放到湖北咸宁

冯忠莲作品

冯忠莲在描摹

干校围湖造田。郑竹友、金仲鱼、刘玉等文物修复人员，戴着破草帽、披着黑塑料布或蓑衣，光着脚冒雨在阴雨连天的南方的稻田里劳动。那时为了实现对灵魂的改造，“连犁地都是用人不用牲口”。同一个干校中，晃动着作家沈从文、文物专家王世襄的身影。

这一劳动过程和“文革”，让修复厂损失惨重。郑竹友的夫人在干校劳动期间去世，郑竹友不久后也与世长辞。这个二十多岁就以仿造和辨伪古画成名、曾令张大千惊讶的一代名家再也未能回到故宫。青铜器组组长古德旺倒是回到了故宫，但由于坏了手，只能在神武门看大门。同样被分去站岗的还有六十多岁的金仲鱼先生。治印大家金禹民先生被放到美工组撰写路线说明，直至退休也没能回到摹画室。从干校回到故宫的刘玉，在站岗、给铜器室打钳子的同时并未放弃治印，周日会去师父金禹民先生家讨教。虽然此时，摹画室工作尚在停滞。

故宫在1972年重新对外开放，出于“备战”考虑，收藏起原件，陈列复制品。被下放劳动的职工，逐渐被召回北京。摹画室的几名同志重新聚在一起，吴院长又把从干校借调来的原荣宝斋的冯忠莲和陈林斋先生正式调入故宫。1976年，故宫博物院再次启动《清明上河图》临摹，此时的冯忠莲已年届花甲，眼力和臂力都有所不济，并患有高血压和由此引起的眼底血管硬化。中断十年，以前临摹的部分绢素、色彩都发生了变化，画面的衔接出现问题。冯忠莲凭着她高超的技艺和丰富的经验，使摹件前后一致，丝毫看不出间断已久、重新衔接的痕迹。

1980年，《清明上河图》临摹终于完成。

临摹是用临摹师的生命文换真迹的再次呈现。临摹一幅画，动辄以年论，临摹者的一段段生命浓缩在方寸之间，“一个临摹师，一辈子临不了几张很成功的作品。”1962年到1980年，冯忠莲技艺与生命的巅峰都用来临摹一幅画，从数量上看少得可怜，然而考虑到她临摹的这样一幅八百多年历史、历经几度政权倾覆、数次战火的国宝真迹，一流摹画师生命的质量又辉煌得惊人。

冯忠莲跨越十八年摹《清明上河图》，成为一个传奇。但《清明上河图》上的一百多个印章都由刘玉复制钤印则鲜有人知。这时，他的治印、钤印水平已至巅峰，被徐邦达、刘九庵等学者誉为“形神俱似”。摹画画工已经是名画背后的无名复制者，而摹画室的摹章者则是无名中的无名，不为人知是他们的常态。刘玉对他的徒弟沈伟反复叮嘱要“守规矩”，规矩的第一条就是要守住寂寞。

1979 年，结束了十年“文革”后的故宫开始整顿修缮，招兵买马。郭文林通过考试入职，同批有二十多人，除了三个学照相，两个刻图章，剩下全部分配摹画室，师承冯忠莲、陈林斋、金仲鱼三位老先生进行古书画的临摹。上世纪八十年代是故宫古书画临摹的辉煌时期，全科技部摹画组人最多，二十一个人，迈入四十岁的这批主力也在人生的巅峰，常常画到下班还意犹未尽。那是摹画组业务最繁忙之时，他们能看到大量一级乙、二级甲的文物真迹。“过去我们都临不过来。”其中，《清明上河图》《韩熙载夜宴图》《听琴图》等临摹品广受好评，曾赴香港等地多次展出。而凭着几张模糊不清的黑白照片就高水平地仿制出太和殿等三大殿的匾联，也为他们赢得同行赞誉。

电脑喷绘技术出现之后，因其快捷方便，渐渐有取代人工临摹复制之势，摹画组如今只有四人。新来的人，郭文林的徒弟巨建伟已经很长时间没有看到新的真迹了。郭文林无奈地说，现在好像很长时间都没有可临的东西了。

郭文林认为手工临摹跟机械复制的东西不同，手工有它独特的价值。电脑喷绘喷不出青山绿水的厚度，喷不出勾金描银的金属感，也不曾有临摹师的生命厚度凝固其中，“临摹有人的感情在里头，它是有生命的东西。”面对机械复制时代，一门曾经辉煌的传统手工技艺的逐渐式微，郭

清　《乾隆慧贤皇贵妃朝服像》　意大利籍画家郎世宁作

文林感慨万千。

摹画室在西三所最后一进院子，院门口靠墙种了一溜玉米，这是摹章组沈伟师傅所种。西三所有三只据说是御猫后代的流浪猫，定时过来吃饭，想逗猫也往这个院里找，因为沈伟是首席喂猫员。它们通常都偎依在冬暖夏凉的地方，休憩得放松而肆意，露出一副“这里我才是主人”的霸气。院里还有沈伟种的黄瓜、西红柿和茄子。夏天的时候，西红柿开始爬架子，黄瓜开着黄花。“守得住寂寞”的摹章传人，把他对生命的感受变成了种子、秧苗、果实。

小院右手是摹画室，和铜器组的光线明亮、人多物多不同，摹画室很静，陈设简洁整齐。巨建伟的桌上绷着一幅清代宫廷画师丁观鹏的《罗汉图》。我们来时，他正坐在桌前垂头对画，仿佛入定。这种简洁，这种静定气氛让这里像一个寺院，有“青灯古佛”的静穆。

有的工作磨损人，有的工作养人，在故宫里临摹古书画是后者。磨墨、勾线，清华美院毕业、作为准画家培养，巨建伟进故宫摹画室后开始重新练习勾线。用很长时间做一件简单的事，在此过程中，深入中国画的本质，对勾线的微妙之处掌握得越来越深，从墨的水分、摩擦力，墨的颗粒的粗细，在什么样的纸上能产生什么样的效果，最终他重新回到最简单的一根线，在一根线上看出一个人，“哪怕是一条线，也是有精神性，有气质的。”摹画，是进入原作者的状态，与原作的精神状况相沟通。

沉浸于此，超然物外，每天都有成长感，余事皆是打扰。单薄脆弱的先人书画，为他营造了一个坚固的精神世界，可以抵抗红墙外艺术市场的喧嚣、同辈人的名利双收。同样，面对电脑喷绘技术对临摹的冲击，是否会感慨自己进入了一个冷门的行业？生于1987年，来故宫五年，故宫古书画临摹的第三代传人巨建伟淡淡地说，所谓热门冷门还是跟利益有关，利益是暂时的，但传承是恒久的。重要的是掌握古法，担起传承的责任，“就像古人讲的，朝闻道夕死可矣。”

摹画室每天第一件事情是磨墨，他们不用现成的墨汁，研出来的墨稳定性强，装裱时不会跑墨。每天画完后要洗砚，当天的墨当天用，过了夜是宿墨。宿墨的胶体挥发，剩下炭化的颗粒，稳定性差。“中国画要创造绘画过程，从头到尾这个工序都很讲究，它是修心的过程。磨墨是画画第一步，它不仅仅是制作墨汁的过程，它是人从生活状态进入创作状态的过程，磨墨就是在静心。”

一遍遍地研磨，既不能用力过猛，也不能太轻，如果你目睹他们的工作状态，会发现那种禅宗寺院的感觉从何而来，屋中并没有佛像，但他们有自己的信仰。

摹画室郭文林

郭文林口述：
个性都收起来，完全按古画走

我是 1979 年进故宫的，到现在已经三十七年了。

摹画室成立于 1960 年，当时只有三位老先生，就是冯忠莲、金仲鱼、陈林斋，带了两个徒弟。原来还有一个大徒弟刘炳森，那时候他已经成为书法家，不画了。

我是六九届，中学时“文化大革命”就乱，混到 1969 年算中学毕业，就上山下乡了。我十六岁去了黑龙江，在建设兵团待了八年。我从小喜欢画，一直画画，但是没正式拜过师。后来到农村了，你不能这一辈子老跟那待着，得琢磨琢磨。那会儿探亲，每次我都春天回来，跟一位高老师学画画。所以 1979 年通过考试进了故宫。要没有这个底子也不行。

刚进来是冯先生带我们。她挺乐观，一位慈祥的老奶奶似的。陈先生也是特别和蔼可亲的一个老头，他有点儿驼背，说话慢条斯理，特别慢，干什么事都特别认真，尤其在染色方面。我们染色有时候着急，染个三遍两遍就成，他能染七八遍、十几遍。这样有一个好处就是染出来颜色又薄又显得饱满厚重，行话叫薄中见厚。薄着染有什么好处？要是把颜色直接混合了有时候容易显脏，不透明。而且你混合出来的这个颜色就是这个颜色，变化少。单色一点点染，让它在绢面上混合，它的变化多，出来的那个颜色，跟你两三遍染出来的感觉绝对不一样。但是颜色一定要弄得特别干净。陈先生桌上的小碟子小碗洗得干净极了，像我们有的时候使剩下的颜色舍不得扔，下次再接着使。在过去，剩下的颜色老先生都不要，就一定要重新兑，不怕麻烦。而且对制颜色特别有讲究，每次都拿小碟子研得很细。一个石绿石青他能漂出好多不同的成色，最后剩的几乎没有色了，但是还有一层白白的我们管它叫霜儿，那东西都不扔，包起来，有时古画需要包浆或者是那种有一层霜的感觉，只有用这种颜色才能染出效果。

金先生给人的印象就是一位学者，戴着一副金丝眼镜，白头发，梳着背头，拄着一个拐棍，一看就是一位老学者，也挺和气的。但是他要求特别严格，你画得不像的就退掉重画。他跟当时领导要求的不一样，当时是八十年代初改革开放，故宫成立一个外宾服务部，画些馆藏的复制品卖给外宾，创收用的。所以领导就是要求快点儿，赶紧画，别耽误那么长时间。金先生不行，金先生就是什么时候画像什么时候算，画得不对不像就推倒重来。

金先生非常有威严，他一出现摹画室就很安静，就是因为他要求特别严格。不像那两位老先生和蔼可亲，他性格不一样。我来的时候是主要在摹画室，由冯先生和陈先生带，还有五六个人在东边。我们当时分所谓东厂西厂，外宾服务部属于东厂，由金先生在那边领着干。

对我影响比较大的，那就是冯先生。刚进来这一两年，一张白纸似的，从不太会做一直到能够独立工作，就这几年。刚来时冯老师说，你别上来蒙头就画，你得先读读那画，先看几天，就天天看。看的时候，心里想着点，这张画，他是怎么画的，我要想临摹，我怎么画，我先画哪儿，后画哪儿。有的时候，你还可以画一个小的局部，临一下看一看。教我们多读多看，不要上来就盲目动手。

我们一来，冯先生就说你们以前都搞创作，需要把创作都停掉。因为搞创作要突出个性，现在呢，要求你们把所有的个性都收起来，完全按人家古画走。人家画成什么样你画什么样，甚至于，他这是一笔败笔你也得跟着走败笔，不能把自己的东西替代到里面。后来我们慢慢有点儿理解是为什么。摹画室从 1960 年成立，除了三位老先生，断断续续来过不少人，而且都是画画非常有名的，比如说近现代工笔大师于非闇的姑娘也在这儿干过。这些大画家的个性太强，画着画着不自觉地就把自己的东西带进来了，画完是他自己的创作，不是原件。不是所有的画家都适合来做临摹。所以就出了这个不成文的规定，我们把那创作就都停了。

刚来给我们一个人发一张画，先练习一下勾线、染色，老师再具体讲。因为进来的都是稍微有一点底子，画了那么一段时间，马上就进入正式临摹了。我第一次临摹的是一个宋代的册页，一棵芭蕉树下边一个妇女领着几个小孩做游戏，在打一种球，有点像现在的棒球。宋代咱们就有这种运动了。

练习期我估计也就一年，但是独立临摹以后，每天都得练线。我们有工作日记，记你每天画什么画，画多少小时。我每天都有一个小时练线。坚持了小十年。天天都得练。古画留下来的都是精品，功力差，就表现不出来别人要表达的。金先生有一句话说，你画得再不像也没关系，但是你一定要让任何人看了，都知道这是有功夫的人画出来的。不像没

关系，经验积累以后就可以画得很像；但是画得像了，功夫你要掌握不住，让人一眼就看出来，那就不行。

这三位老先生他们已经画了一辈子了，功力应该非常好了，他们画重要的线条，比如说画到《韩熙载夜宴图》里边的几根琴弦，就四根琴弦，他都要再练两个小时才敢勾这条线。画了一辈子，这时候还要把手活动开，就像运动员一样，把手弄到最好的状态。我们往往是画到快下班的时候，那个感觉才出来了。那时候怎么画都行，手听使唤。

刚参加工作那几年，大伙那心气都特别高，都愿意画，画得也不累，一天坐这儿特别愿意画。有时候越到下班的时候，手活动开了顺了，越不想停。但是这儿有一个特点，到点就得走，不像有的单位可以加个班。

你每天能够对着这原作、真迹，我就觉得这是特别幸福的这么一件事儿。每天看着有新的感受。这古画是刚开始不理解，时间长了你理解了，你看到的东西越来越多。经过多年的积累，经验越多，艺术体会越多，老觉得画不完，老是觉得这儿差点儿那儿差点儿。比如一个颜色，

南唐　顾闳中《韩熙载夜宴图》

你就看着是一个颜色，一片红就完了。但它不是这样的，它有的地方那颜色稍微偏点蓝，有的偏点红。古人画的时候，它有塑造群体的那种质感在里头。

我们1979年来的，到1981年、1982年，临摹品就已经成熟了，后来到香港办了两次展览，跟着原件对照的，有一部分就卖了。我记得最贵的是刘炳森临摹的陈老莲的《荷花鸳鸯》，卖了二十万港币。原来刘炳森是搞摹画的，因为“文革”老写大字报，慢慢变成写字的。后来还有点遗憾，说本身是个画画的，怎么变成写字的。后期他也创作山水画。

后来我们新招的这些人，就由金仲鱼先生带到东厂，专门给外宾服务部画复制品，一直到1988年。那时候开放了，有许多外宾到来，尤其是日本人对中国文化特别喜欢，到处都有中国画卖，颐和园、恭王府，哪儿都有。他们（画的）就是二三版的了，因为我们是直接对着原件画，他那儿都是再对着印刷品或者找个资料那么弄出来的，那走形差别就大了。

当年美国大都会博物馆还特意给我们上了一次课，就讲他们博物馆

摹画室合影（前排左一为陈林斋，左二为冯忠莲）

利用馆藏文物怎么创收。他们博物馆不像咱们全民拨款，人家一个是靠这个生活，还有一个靠捐助。咱们那时候改革开放，也想学一下这个。给外宾画这些商品画，当然也是临摹，它挑的东西就是鲜艳点儿，比较合乎外国人审美观的，比如说七夕图、中国神话故事。要求也比代替原件展览的复制品要宽松一些，不要求特别像，做得那么旧。你看咱们故宫院规上，关于我们复制的要求，就比原作颜色浅一色。就是有意识给它区分一下，比它新一点。临摹我们都是看真迹，在外宾服务部临摹也是看真迹。

1988年以后，东厂西厂合并，就是现在的文保科技部。过去咱们博物馆系统走的是苏俄模式，就是保管部、展览部、研究部，还有群工部什么的，这么分部门有一个什么不好呢？拿书画来讲，研究书画这人呢，他不保管，保管的人他不研究书画。但是研究书画你必须得看原件，他俩人不结合，你就没法研究，产生很多不便利。改革开放以后，故宫改

冯忠莲在指导学生

革，走欧美制式，变成按文物的分类，书画部、器物部、宫廷部，根据他们保管的东西分类，保管人员也是研究人员。书画部老办展览，哪个画需要办展览，哪一块损坏得大，他都知道。经常去展览，这张画就需要保护，然后他就给我，我们来临摹。

临摹室最重要的作品是《清明上河图》，冯先生临摹。我来的时候她已经临摹完了，但是还在装裱，还在后期照相。听她讲过一次，就说比较严格，画那个画呢，每天从库里把这个画领出来画，晚上再交回去。中间隔了一个“文化大革命”，真正算下来也就四五年吧，但是前后跨了十几年。因为“文化大革命”他们就都下放到干校去了，从干校回来又接着临。中间隔了这么长时间，前面画的颜色已经旧了，后面画的得追前面的程度。所以说，我们染底色，这种大长绢、四五米长的一定要一次染成，中间隔了颜色特别不好兑，很容易接不到一块，永远老差一点。

同样一锅颜色，比如今天染完了搁一天，第二天再染颜色都不一样。调底色有时候一天都调不出来。

冯先生临摹的这张《清明上河图》，已经是我们故宫第二文物了。一级文物在五六十年代他们已经摹得差不多了。等我们进院以后呢，也还有一级，但就不是一级甲了，我们就临一级乙，或者是二级甲。

临摹《清明上河图》这件事，冯先生其实没怎么跟我们讲过，刘炳森说过。刘炳森给我印象最深的，是他有一次临一张山水画，城楼上出来一朵云，云上站了一个小的仙人，特别小。点那个小人的眼睛的时候，他就犯了难了。他说我点了好几次我都不敢点。因为稍微点的偏一点这个人的眼神就不对。然后金先生跟他说，如果你把这个人的眼神点好了，你就算出徒了，以后就可以正式地临摹了。最后终于点完了，金先生看了还比较满意。当时因为刘炳森比我大十几岁，冯先生为了给我们提高

《清明上河图》 冯忠莲跨越十八年来临摹

业务，经常让刘炳森来给我们讲课，讲书法，讲画，讲他的体会。这方面印象挺深。

陈林斋先生没有过多地指导我们，就是他染色时在旁边看，看他怎么染。也不好打搅老先生，不敢随便叫人老先生过来，人家画的时候你在旁边看一看，就行了。本来后来我们跟领导也说过这事儿，想给这三位老先生每个人弄个录音笔，把他对颜色的感觉什么的都留成资料，写一本书，结果就是三岔两岔，冯先生写了，金先生和陈先生还没写就相继去世了。

我看过陈先生画的一幅花竹锦鸡，元代的，我看他摹，那个小竹绿染好多遍，要是我就着急了，两三遍就完了。但是陈先生就在那儿很耐心地那么染，要我看那几乎就没有颜色，那么浅，染完一遍感觉没什么变化。但他就这么细心地一直染，这样积累出的颜色，有厚重质感，不跳，咱们弄两三遍那个绿特别跳。这些东西说不出来。刚开始我们画不下去，总觉得跟人家差点儿，就是看不出来，人家老师傅一看，就知道哪再弄点儿就行了。中国画不讲究立体感焦点透视，它是散点透视，写意。一定要似像非像，画得一模一样，那叫状物。中国画不分几品吗，状物是最低的一品，最高的叫逸品，或者叫神品。中间的叫妙品。妙品就是说能够又状物又可以表达一定的神韵了，真到神品的时候就是神气太棒了。中国人比较推崇逸。

金先生的闺女，金小燕画一张鱼藻图，她画了八年。领导老催她，抗战八年都胜利了。后来她画完感觉就是不一样，特别好。时间长有时间长的好。当然金小燕手慢，画画也有手快手慢。金先生就是手特别快，陈先生说自己特别佩服，金先生摹什么画两个礼拜就摹出来了，"哎呦这么快，我一看摹得还真好"，所以陈先生挺佩服金先生，从南方来的嘛，又快又好。

张旭光的姥爷在南方，说有个画家看完一眼回家就可以画出来，他姥爷重要的画，听说这个人来了就赶紧收起来，不能让他看，他看完了就等于给你盗走似的，回家就画出来了，强记。我那天看书，徐邦达也说过，看完了画，回家在脑子里过电影，然后第二天再来看，再记，反复地这么记，就练出来一眼可以把画的好多内容信息都记住。反过来因为我们天天可以见着原件，这方面就完了。天天看就不记了。画到哪儿看哪儿。

临摹的程序：画来了以后，先拍照。然后用透明胶板衬在照片上面，目的是滤掉颜色，把整个线条、位置用笔勾出来。有时像没骨画或者重要的染色的位置也要用这个胶板勾出来，方便后边程序。我们临摹绢本比较多，勾完胶板后，将熟绢放到胶板上，照着下面的稿子描，这个工序叫落墨。落墨时墨的深浅要参照原件，你自己还要有一个预判，将来上完颜色不能完全压住墨线，还要露出点儿来，这些都是靠经验；落墨之后，照原件染色，染色过程中要一边做旧一边染色。全画完后对照原件做一次整体的整理。有时候近处临摹看不出来，站远处看哪儿颜色差点儿再补救一下，整个调整一下。最后有字的要摹字，再去镶，镶好之后盖章，最后装裱。

临摹根据原件新旧程度，做旧的方法不一样。是染旧，我们不能咬旧。咬就是腐蚀，铜器他们叫闷旧。我们这个一般都是染，根据原件状态，特别深的颜色，你就得想办法，有时不能用颜色染。比如说我们复制过长沙马王堆的帛画，颜色染到那个深度就太闷了，我们改用染料把绢染成那个颜色。所以说要根据不同的质地、新旧程度用不同的方法，有的特别新，那么我可以用点儿淡茶水染染就可以了。红茶水都是过去做旧的招数，不高级的，画完画，就拿排笔刷子蘸上浓浓的红茶水，一染就旧了。我们是上来不刷那么旧，先刷百分之七十，画的过程当中一边画一边做旧，这样颜色和底子的旧色融合更好一点，让颜色不跳，但有的时候特别鲜艳的还要保持那种亮。

每一步都重要。我听小巨讲，在胶板上勾线的感觉和你在纸上、绢上勾完全不一样。这胶板就是塑料薄膜，聚酯乙烯，它滑，笔在上面功夫稍微不行，笔尖就跑了，不像纸或者绢摩擦力大，拉得住笔，力量使得上。胶板这东西使不上劲，跟你在冰上一样乱滑，有时候勾斜线还要转着点儿笔才可以勾出来。但如果在这上面勾得很好，在纸上和绢上就更好掌握了。

临摹的工时，都是根据画的内容。画画，不太好估，有的时候觉得挺好画的，实际上画起来挺难。有的觉得特别复杂的，其实挺好画。金老师就说，小写意的东西完全靠功夫。你那一笔下去，要是不像，它就是不像，你没有修改余地。工笔呢，比如线勾得不好，你可以洗掉，或者重新勾一下。小写意的东西，其实十个工时就能画出来，你给他一百个工时，它不像还是不像。

临摹只能临摹到小写意，大写意和草书没法摹，怎么解释呢？大写意是在生纸上面，生纸的墨色的晕染扩散都是随机的，就让画家本人画一模一样的两张画也绝对画不出来。小写意和工笔是在半生熟或者是熟纸上，熟纸上可以反复地去染、摹线，生纸就一次。在半生熟或者熟宣上画不出来随机的效果，没有自然的那种晕染，那非常地难。为什么现在画写意画的人多，画工笔的少？写意画练一练画，有的时候就真能不错，这工笔不行，工笔没有三五年的工夫画不出来东西，吃工夫，所以现在工笔越来越没有人画了。都和经济有关系。

小巨来了快四年了吧。毕竟人家是科班出身，比较全面。上学时间肯定是山水、花鸟、人物都得学，然后再自己主攻一门。但是反过来，作为画家来讲，不搞创作，就临摹，这转型比较大，对他们冲击更大。再来他们还有很多同学，同学在外边搞创作相当红火。你在这儿一辈子默默无闻

郭文林和他的徒弟巨建伟

地就干这个，这诱惑非常大。能坐下来，能待得住的真的不容易。

临摹既要有艺术家的眼光，也需要工匠的严谨和无我。没有艺术家的眼光体会不到古人的艺术立意。摹画不仅形象要准确，还有一个是神，神这个东西是太难找了，虚无缥缈的，需要有艺术家的气质才能体会。以前我们也跟领导探讨，领导认为你画这么多年有功夫了，一定是越画越快，我觉得反而是越画越慢，因为你眼里有东西了。初学的时候画到一定程度画不下去，觉得我画完了，但是懂行的人一看，这儿还需要点儿，那儿还需要点儿，就是微妙的差别，这个外行人就看不出来。

冯先生、金先生退休后都搞创作，作品很出色，所以说，临摹肯定对艺术家有滋养。为什么所有的画家都愿意临摹古画、学习古人的东西？看人家怎么运笔、怎么表现，反过来对搞创作肯定有帮助，所以一般画画的都愿意来这儿临一下，但是让他一辈子临就难了，老干这个不去搞创作有些人受不了。能留下来的要么是找到了平衡，或者说他们牺牲了一些，像冯先生、陈先生他们都是当年“湖社”成员，如果搞创作应该早都出名了。

小巨沉得下来，他跟我说过他就喜欢画，而且对古人的画比较有兴趣。他说我要不画画，手闲得难受，愿意画。首先有一个爱好，然后你就能钻进去，你就能往里头走，就能深入慢慢地学。唯一可惜的就是现在临摹画少点。过去我们都临不过来，现在好像很长时间都没有可临的东西了。

故宫最好的条件，就是可以看到原件。宫中收藏是精品中的精品，能够学不少东西。原件和印刷品，那真是俩感觉。印刷品再像，跟真的面对原件的感觉是不一样的。甚至隔着玻璃看，和打开玻璃看，还是有差距。等打开挂起来，一看还有，还得找。越找到最后，越难弄，很微妙的一点变化都得看出来。

烦恼呢，咱们现在好多东西，跟古人的比不了。我们不用墨汁，墨汁画完一装裱就跑墨，墨洇散了固定不住，所以必须要每天自己研墨。现在的墨不如以前，过去的字侧着光看有点儿呈五颜六色的发青的黑，咱们这个墨是乌的，黑度不够。库里有些老墨底子，弄不好是明代的，特别好使。胶特别少，一研特别下墨，不像现在的墨研半天都不见短。老墨我就用过那么一点，后来就算文物了，不让动了。还有比如说纸和绢，它那制法不一样，现在都是机器织，过去都是手工绢，它不一样。手工绢的绢丝，它有粗有细；现在机器织的，绢特别匀，就失去了古绢的味道。还有纸也是，我们去问，纸厂说确实是不行。过去造纸的树皮，都是三年以上的我们才用，现在当年的树皮都给扒下来了，做纸的人太多了。原材料都不一样。这些，就是传统。绢不像，纸也不像，有时候那味儿就出不来。

小巨手里有一张丁观鹏的罗汉像。我希望他把这个罗汉像从头到尾临一下。然后我看一下它什么样。如果差不多，就像当年金先生放手刘炳森似的，基本也就放心了。罗汉像一共是十七张，一共十六罗汉加一个佛，我退休之前就开始临，前后临了快四五年了。画错了，绢还可以改，可以洗一洗，改过来重新弄。纸本的不好弄了，所以就不能错，一点错都不能出。我们已经临了十三张了，还有四张画没临。所以这四张画我一直提，我说让他们赶紧给提出来，整个弄成一套多好。就是到现在也没提出来，也不知道是卡在哪儿了。

我倒是没有像老师傅那么反对创作，我觉得搞创作也行。只要你能够临摹的时候不把自己的东西带进去，只要你能把握住就可以。你搞创作，也是一个艺术创作的活动，也在练手，也在练眼。就看自己怎么把握住，进得去也出得来，这是高手。

纸寿千年，绢寿八百。这绢只能保存八百年，超过了它就脆了，它就往下掉，你摹一张新画，等于延续八百年。

中国绘画史上有过几次，官办大批量地做临摹，最好的就是宋朝。宋徽宗本身就是一个大画家，对书画特别重视，他专门有画院，那时候叫官样，就是专门画画的。很多珍品就一件，又没有印刷品，又没有照相，怎么让大伙都知道呢，就临摹，送给大臣，这是官摹。好像明代也有，清代也有，当然最昌盛是宋。其实我们看到的很多名画都是宋代摹本，比如说《清明上河图》《韩熙载夜宴图》，而唐代张萱的《捣练图》《虢国夫人游春图》现在看到的都是宋徽宗摹的。咱们故宫也等于官办的，解放以后官办的专门临摹书画的，但是咱们跟造假画不一样，他造假画呢，画出来跟原作比较像，但他是骗人的。我们这个都是复制品，就是咱们要表明自己是复制品。复制品，有个名字叫“下真迹一等”，比真迹差一点。故宫文物有两个系列，故宫原存的，叫故字号；新收进来的，叫新字号。还有专门一个复字号，就是我们复制品。

1979 年修复厂招进来二十一个人，摹画室留了十五六个。八十年代时摹画室比较辉煌，最好的时候是科技部成立，1988 年，全科技部我们组人最多，二十一个。而且都是四五十岁，最好的时候。因为再早你的

摹画室最兴盛时期，有二十多人

功力不行，四五十岁功力也好了，精力也行了，各方面都最好的时候。现在摹画室有四个人，巨建伟、陈露、小廖还有一个张蕊，我是退休返聘，不能算正式的。

临摹只能临工笔画，或者是小写意。大写意比如说水墨画，都改成电脑喷绘。现在电脑喷绘不光弄水墨画，他们连工笔画也弄。领导觉得，这个东西又快又好，就不是特别重视我们手工的。我感觉手工临摹，跟机械复制的东西还是不一样，手工还是应该有它的价值。

现代化的东西，再怎么好，它跟手工绘画还是完全两码事儿。就说电脑喷绘吧。电脑喷绘是喷的油墨，它没有那个质感。比如说青绿山水，它有一定的厚度的，它的厚度你弄不出来。还有金属颜色，勾金描银，它也弄不出来。

中国画它有这么一个特点，它不像西洋画讲究写实，西洋画越像越好，中国画不要求你像，中国人就认为，画意在似与非似之间，你要画太真实了反而没意思，它就要有一定的夸张，有一定的取舍，有一定的变化。但是这个东西呢，你不可能自己单独去写生，要靠师传。中国人就是这样，尤其从书法上，入门的话就是临摹，靠临摹来学习这些技法，学出来之后，再把自己的东西加上去，变成大家。中国这个书画临摹，有上千年的历史。

故宫所有留下来这些所谓国家一级文物，哪件都不是当年的原迹，都是当年的临摹品。现在《兰亭序》八个版本，都是当年的临摹品，原件据说被唐太宗带到墓里去了。我们现在临摹的东西，几百年以后，上千年以后，它也是一定的文物，你得用发展的眼光去看。印刷是一个机械性的生产，它不是手上的创作。临摹，虽然号称应该跟原件一模一样，但实际等于再创作，它还是有人的感情在里头，它是有生命的东西。所以说我一直想写一个（文章），比如说照相出来以后，它为什么挤不垮绘画。照相和绘画的关系是什么？那照相多快，一按快门一个东西马上出来了，又准，光线什么都有。它跟绘画是什么区别？现在电脑喷绘跟那道理一样。千篇一律的东西，机械性生产，它不具保留价值。原来老院长说，纸寿千年，绢寿八百，流传到现在的宋代画，也上千年了，我们现在接力再给画一个，等于又给它延长了一个一千年的寿命。这就是一个功在千秋的事儿。所以说还是应该把这个东西提到一个高度上去认识，不能说有了电脑，这个东西就可以慢慢地荒废了。这东西要是废了，再恢复就难了。

改革开放后文物保护领域引入“最小干预”原则，给传统的书画修复手段和理念带来不小的冲击。传统的中国书画修复，在书画的破损处“隐补”修复后，需要对修补的地方进行全色接笔。“最小干预”原则却不提倡进行全色接笔，而是主张："隐补"修复后，第一，不再进行全色（即使要全色，也不能与原件同色，要比原件的颜色浅，使人能明显地看出人为修补的痕迹，用来区别人为修补的地方）；第二，不进行画意缺失部分的接笔。我觉得应该说明在什么前提下最小干预，不动手不就是最小干预吗？那哪儿成。在修复的情况下，我不能给它修过了，画蛇添足。修完让你看不出来，你觉得这个艺术是完整的，那就是对的。中国传统的审美观认为，画面颜色统一、内容完整才称得上保持原貌。全色接笔不弄，时间长了，你再想恢复，这个传统的技法就没有了。

现在各个组还是有自己选择的余地，但是比较混乱，我觉得应该把这个定下来，我们该怎么干就怎么干。还是根据每个组不同的文物，比如书画，这绝对是中国最有特色的东西，是画在纸或者绢上面的，跟油画不一样。就算油画，国外的我也问过很多，接笔不接笔，他们也有争议，有的不接，有的接，他们油画能接我们为什么不能接？

外国人不弄，不是说尊重原件，而是弄不好，弄完了以后让人能看出来。真正咱们好的、传统的东西，接笔你真的看不出来。我记得我们有一幅画，吴伟吴小仙的一幅山水，那个画后来我们仔细看，绢就剩百分之三十左右了，剩下都是接笔全色全出来的。但是古人接得相当好。新绢的颜色和原色一样，画意都全了。侧着光仔细看，接的绢和原来的绢丝不一样，毕竟不同时代的织法不同。为什么徐邦达先生号称徐半尺，刚打开半尺，画意还没看到就说是假画，为什么？就是看材料，你说是宋画，却是明代的纸，不用看内容肯定是假的。这是古人高手。现在中外交流了外国人就讲，你们这个不是人家原来的东西，是创造性修复。

可是不修复完整不符合传统审美啊，一幅画百分之三十的画意，剩下全是空白，这画和没修一样。中国文物有中国文物的特点。中国人就讲究完美，对吧？不能说最小干预就不干预了。该修的时候不修，那张画已经糟成那样了，再不弄连百分之三十都保存不住了。

这种技术，传统上要求四面光，就是从哪个方向你都看不出来假，不是一般人能练出来的，得刻苦练才能练出来。如果现在都不接，那太方便了。你不接了，将来你想再恢复，这技术就没有了。如果一代一代老这么传，那不就越传越少了。

即使不发扬光大，你得让它传承下去。

我自己摹过的比较满意的是一副“三希堂”的对联。当时摹对联的那个人走了，所以大点儿的字都我摹。现在三大殿的匾全是我弄的，“建极绥猷”，“皇建有极”，八国联军打进北京时还有那个匾，后来找不着了。领导说要恢复，我们根据一张照片摹的。

自己花时间最长的就是展子虔的《游春图》。印象里，临了有两三张吧，画一张得一年多。但是不可能全都特别满意。每张也有点儿遗憾。原来都是金先生给我们挡着，领导催就金先生说去，得保证质量，金先生不在了没人管了。

像冯老师，她画这《清明上河图》，前后画了将近十年。临摹不是张张都好。肯定有一张画里边，某一部分很精彩，有一部分没临好，自己心里知道。所以这一辈子临不出来几张好的。就像刚才您问我，临过什么特别好的，真是想不起来。名画当然临过，但我自己特别满意的很少。

但后来慢慢也就安心，这可学的东西太多了，就踏踏实实跟古人学吧。我们临摹艾启蒙《十骏犬》是1990年左右，那时候我们这批人都四十多，也有十几年的经验了，新成立的科技部，大伙儿心气也高，摹出来效果也特别好。老师傅在前面也做出榜样来了，人家都临一辈子，冯老师他们退休以后也搞创造，画得相当漂亮。陈先生画婴儿，婴戏图，迄今为止，我没有发现任何一个画家染色能超过陈先生的。特漂亮，又干净又润，太棒了。所以就踏踏实实跟着学吧，也就是这样，最后退休，又自己带学生，就是这样。

也有人找过来，约我画一幅齐白石，我没做。避讳这个。你要是做了假总有人看出来的，一查谁弄的，这不是丢脸吗？做假那些人压力挺大的，让人识破了怎么办？是吧。买一张旧纸好几千上万的，画坏了这纸就吹了，他也要付出很多。弄这个没什么意思。

我们跟外界接触得特别少，就是两点一线，到这儿上班有时候连院子都不出。故宫这么大，西边那些个部门都不熟，见面知道是故宫的人，叫什么都不知道。下了班就回家。生活很单纯。没有那么多跟外边接触的、有利益的东西。

一般的人，现在好像觉得我们干这工作挺好的。其实以前我也听到过不同的声音，就说你们整天老照人家画有什么意思？你自己搞创作多好啊。有一段时间，社会上文物不像现在那么火，那时候文物也不允许个人买卖，跟大伙、跟这个社会特别遥远。我们同学说你在哪儿，我说在故宫。搞什么？那有什么意思？没意思。而且挣不着什么钱，那时候也是。能够留下来的人都是喜欢这个，能天天看到真迹，能照一个真迹画太不容易了。就是喜欢，别管挣多少。

巨建伟口述：
利益是暂时的，传承是恒久的

我是清华美院毕业，2011 年来故宫的，到今年五年了。我们这边都是师承制，没有仪式，但是有制度，老师会做一个规划，部门里面会给老师一笔费用。对，我是叫老师，还是像上学一样。

刚进来时，印象最深的是基本技法的练习，尤其是勾线。我在美院读的也是中国画专业，这些基本技法应该是在上学期间已经解决了的，但是故宫对专业技法要求特别高，要重新练，当时勾了将近一年的线。所有画画的人都知道，勾线的练习非常重要，它是一个基础，底子打得有多厚，做的建筑才能有多高。但是很少有人真正拿出一年时间去勾线，在学校要安排其他的课，生活中有其他的事。但是在这边，这就是工作。

美术学院是开拓创作思维的，临摹是为了学习技法，学习古代绘画的精神性的东西，是为了创作。这边临摹，要求高精度高准度，一模一样。高校的标准可以让你画国画没问题，但那个标准拿到这边来是远远不够的。因为来了之后有几个月一直在勾线，这个过程让我感触很多。在很长一段时间都在做一件简单的事，手和心结合做这么一件简单的事，我们对勾线这么一个简单的行为，就掌握得更微妙了。比如它的水分多少，摩擦力是什么摩擦力，墨的颗粒的粗细，在什么样的纸上能产生什么样的效果。掌握这些微妙，也就提高了对画面基本元素的掌控。这种标准，高校那种训练方式是远远达不到的。

临摹也有自己独特的训练方法。我们练线时是在胶板上勾，是一个塑料的透明状的小薄板，表面光滑，加上墨是液体状，毛笔又是湿润状态，都是很滑的，在这上面如果都能勾得很好，再换成纸，勾起来就比较简单了。胡老师他们都是这么训练过来的，确实是一换到纸上就特别简单，特别轻松。它训练的是你手腕对力度的掌控、协调。

要摹好古画，摹画师就要有那个时代的功力，这个要求并不苛刻。我们的工作不仅仅要临摹，还要接笔。接笔就是检测一个人的综合审美素养、对基本技法的掌握，就是在考验一个人。临摹是用自己的能力、方法去达到这个标准，而接笔是直接跟标准碰撞，直接进入角色。它要求更高一些，这个机会也很难得，不是所有人都可以去做的。

第一次为文物接笔的时候，没有紧张，可能也会有一些，我觉得还是得益于我们这个系统的训练，就是心里有数。那是我来的第三四年吧，因为我们三年是一个培养阶段，培养阶段是不动文物的。这也是对文物的一个保护。

对，前面已经有了四年的高校学习，仍然要一步步地接受学徒式的训练。只有来到这边，见到这个标准和要求之后，才知道原来在最基本的绘画语言上还有这么大的差距。所以是不着急的。而且经过那种系统训练，你真的觉得自身得到了很多。后期上手去做就不是很紧张。因为前面三年已经练了很多了。

摹画室的第四代传人巨建伟

在这边每天的工作，如果画画的话，每天第一件事就是磨墨。我们不用现成的墨汁，研出来的墨，首先它稳定性比较强，装裱时不会跑墨；画完后要洗砚，当天的墨当天用。如果它过了夜，我们称为宿墨，宿墨的胶体有的就挥发了，剩下全是炭化的颗粒，它的稳定性差一些。

磨墨的技巧就是用力尽量均匀。用力均匀，磨出来墨的颗粒大小差不多。如果你特别使劲，磨出来的墨可能比较粗；如果太轻，又磨得太慢，而且颗粒比较小。当然从画画效果上来讲，要求墨尽量细。如果墨很粗的话，你想画得很细是不可能的。所以说中国画，就要创造绘画过程，从头到尾这个工序都要很讲究，它是修心的过程。磨墨是画画第一步，它不仅仅是制作墨汁的过程，它是人从生活状态进入创作状态的过程，磨墨就是在静心。

不仅磨墨，前期的这些基本功训练，都不仅是技法的训练，还是状态的调整。在高校的状态是不一样的，我们接触的都是老师，还有身边一些画家。老师要做市场，有很多涉外活动；而我们是作为画家或后备画家培养，同学们在一起，能力都不错，会彼此竞争，比如会涉及奖学金等利益关系。

外面是在各种利益关系之中生活。到这边那些就没有了，没有人去强调利益，很和谐。我来的时候这屋还有四位老先生，都是女同志。我一来大家都把我当孩子一样。这边就像一片净土，状态很纯粹。因为大部分时间都是在做一件很简单的事，看似简单，但又非常重要。追求利益的心态一下就静下来了，反而更接近绘画的本质。在这种状态下感受到的东西，才是最微妙的。

我反复说微妙，具体到技法，就是对力度、水分、材料，我们能够掌握到很小的微差。掌握不好，那就谈不到画得好不好，你只是一带而过。其实哪怕是一条线，那也是有精神性、有气质的，不是说我们把这个东西抠出来就行了，而是真正地感悟到，尽量用原作者的那种创作状态感悟，进入他的状态，这样出来的作品才可能和原作的精神状况相通。

在美院我们是作为艺术家培养的，但这和作为临摹师的职业状态并无冲突。相反，因为我是学创作出身，接笔中，它缺的是什么，原作者是在什么状态下，什么审美思路去创作，这方面我就相对敏感一些。另一方面，临摹不会损害创作。临摹自古以来就是创作的一个过程，基本功扎实了，看古画，有价值的信息看出来会更多，因为我们经历了高标准的训练。所以说这种学徒式的基本功的训练，对学院出来的人是非常有帮助的。

单位有一个不成文的传统，做临摹时一般停掉创作，因为临摹要高度地尊重和遵循原作。不像两宋是共性审美，后来美术史是朝着个性审美发展，如果长时间搞创作，可能在临摹的过程中会有障碍。我倒是没有停掉创作，因为在我心里有一个界限，尽量不要把自己的个性带入到临摹的画作里，还因为我搞传统方向，其实大部分时间研究的是共性审美。

同学中的确也有搞创作不错、名利双收的。其实搞专业的人在一起，更尊重的是对方专业上的含金量，而且双方也是清楚的，大家还是更看重这些，其他的都是表面的。因为我们是属于直接接触文物的部门，我们看到的这些经典，外界的朋友或是同学，他们可能一直没有机会见到。看到真迹对学美术的人还是重要的。毕竟都是专业院校出来的，大家很明确地知道什么是从大道，什么是从小道，什么是尚大美、什么是尚小美。当然还在持续交往的朋友也会有着相似的精神追求，尤其我们这个年龄，最要紧的还是积累和学习的状态。

我是 1987 年生人，今年二十九岁。我觉得现在就应该是积累和学习的状态，如果现在就要如何如何，一方面是过于求成，另一方面本身技术还不好，你前期不扎实，后期通过其他手段，就是做起来也是不稳的。因为我们这个职业就是经过长时间的积累，最后产生质变，产生升华。最近这两年外边的市场也不好，也在调整，大家越来越理性地认识艺术品价值，不像几年前大家都跟风去做市场。许多画家也都收回来画精品，挽救他的市场。但是我觉得就应该是这种状态。

这可能和我一直主攻共性审美也有关。共性审美从概念上讲就是大美，比如两宋的审美几乎包含所有的审美元素，画面的装饰性、色彩的协调、笔墨的精进、气息的饱满张力等。元以后为什么不那么画了，因为太累。最后变成大家一进这个领域就紧张，因为要包含这么多的元素，它是一个几近完美的东西，所以不能释怀了。释怀就是通过一种行为达到我内心的寄托和愉悦，我要搞审美输出，我要让别人感受到我的这种状态。两宋时大家追求的是创作这幅作品我很舒服，别人看了也舒服。但个人审美发展到最后，极端的就是，我自己舒服，你们舒不舒服我就不管了。

元代文人画兴起，就是在共性审美的高压下，觉得自己要释怀一下，要舒服一点。我是觉得呢，我们这个年纪应该把共性审美的东西系统地积累一下，我们看元明清这些文人画，他们其实都是具备强大基础的。

没有基本功，也是无法直接就释怀的。

我觉得画画是一个事业，做规划的话应该做得远一些。

临摹是以临摹工笔画为主，最多到小写意，大写意就不临摹了。但是即使是工笔或小写意，也要追摹原作者的创作状态。现在有很多人理解，工笔就是要画得细，但没有神韵，其实不是。古人可能对写意和工笔是没概念的，这是后来人的总结。不应该抱着这种区分去画，容易把简单的东西用更简单的方式去画，复杂的东西用更复杂、甚至用制作的方式去做。

简单的东西用更简单的方式去画，就是说如果心存了这个概念，我画的是写意，你会想简单地画画。其实画写意也要有很好的基础，因为虽然表现形式是简单的，但要用简单的方式表现出更多的内涵，这是写意画的宗旨。

复杂的东西用更复杂的方法画，就是提醒自己画的是工笔，我应该画细一些，画精一些，使劲往里画，最后可能就把一些制作性的东西加进去了。我看现在有很多工笔画用些特殊材料，用一些制作性的技法，橡皮擦什么的，做出一些特殊效果。我觉得它只是在追求一种质感和物象而已，并没有把更多的审美元素通过画的方式表现出来。制作可以进入到绘画的语言里面来，但这种涉入、借鉴和学习是有尺度的。就像我搞临摹工作，创作怎么搞，是有一个尺度的。其实古人更强调“画”这个概念，强调画的过程和动作。现在好多搞工笔的画家用太多制作，反而失去了绘画本身的语言和味道，很容易就变成装置艺术。

巨建伟在临摹

也许有人会觉得我这样的想法有一点落伍，但我觉得学习、传承和发展绘画艺术，应该站在一个历史的高度。第一，要真正地熟知传统；第二，要客观地面对现在这些审美元素，客观研究非绘画语言的借鉴和学习；第三，发展也是站在传承的角度去发展。如果先人几千年来的审美归类、我们民族的审美优势都不要了，直接去拿别的文化的审美去做的话，这是失去了最重要的东西。因为我们的思维方式是在传统文化的思维方式下成长起来的。

故宫毕竟有自己的节奏，很多刚进来的人有一个磨合的过程，我现在是过渡阶段。我来了之后，深切感受到有更多的东西需要学习。同时，一个完整的审美是构建在不同方面的，是一个综合领域。我们这边什么部门都有，不仅在自己的古代书画上学习，而且能够看到其他的领域，拓宽审美，这种吸引力更全面，比一个学科或一个专业更具有吸引力。所以对单位有一种特殊的感情，就像一个人对学校有情结。

另外一个方面是人际关系，大家都很熟，在不同的专业和领域有自己的成果，沟通过程中又能彼此学习。不仅是跟文物学习，人跟人之间也有这种学习，这几点因素造成了我们对这边的高度认同。

虽然如此，可能因为年轻，所以也是在不停地调整。我们最好的状态就是不受任何影响，全身心地在这边搞研究。但除了工作之外，还有很多其他的事，和我们搞专业矛盾的东西……其实就是一些俗务，但它会占用我的时间，最重要的还是时间。

临摹的确面临着电脑喷绘的冲击，会不会感慨自己进入了一个冷门行业？所谓热门冷门还是跟利益有关。不热门有可能是暂时的，但是这个技艺，或者说传承是恒久的，因为绘画本来是文化传统里很重要的一部分。重要的是掌握古法，掌握这种传承的责任，它冷不冷热不热的，没什么太大关系，就像古人讲的，朝闻道夕死可矣，我知道这个东西了，我那种满足感和我那种成就感是那些东西没法冲击的。所以没有这样的感慨。因为我们不用这个东西跟别人做生意，也不拿这个东西跟别人去比拟。

来这里五年，临的作品并不多，几件吧。因为我们中途可能还会协助他们去做接笔，做些其他工作。接过的画中最喜欢的是《崇庆皇太后八旬万寿图》。里面有两个皇子，面部只剩下一半，比如有的就剩一只眼，那边就得画出来。接笔就是这样，要通过现有的一些信息，然后把另外损失的信息补上去。因为那个留下来的信息量不大，而且面部接笔比花花草草更难，我比较喜欢有挑战性的工作。

现在临摹的《罗汉图》是我喜欢的。我喜欢宗教题材，因为有很多非现实的的故事情节、人物或者画面。长时间画现实的东西，会比较压抑。画一些我们认为好的画，又能在里面寄托思想，寄托我们的情感，画面给人感觉是可能存在的，在现实中却并不存在。这个空间和领域是我比较喜欢的。

工作对我的创作主题发生了影响，现在朋友聚会，也会酒后即兴地去画罗汉图，它既是一种自觉的主题创作，也是不自觉的潜移默化。因为长时间地沉浸在精神的享受中，所以当我去释怀，把这种喜悦分享给别人时也是这种状态。

对，临摹对我一直都是一种享受，因为你做的事让自己每天都在进步，你有成长感，有向上的感觉。不像有的工作，下了班都不想提工作的事，因为那个过程对自身可能没有什么滋养，所以他也不会干得太好。像我们这种工作你永远都觉得自己很舒服。

这幅《罗汉图》我从去年年初接到，之后马上就做文物修复成果展，做了一年左右。真正在摹有七八个月，摹完大概要一年吧。你说得对，照相一分钟可以照六十张，但是一个临摹师一年只能临一到两幅。临摹比自己创作要慢，因为自己画是按照自己的规则在做事，临摹是我们按照别人的规则去做事，思维状态、各个状态都是在调整中去进行的。所以效率要低于创作。进来四五年，就只临摹过几件。听起来比较少。

这种节奏跟外面世界迥然不同，但是走到外面时倒没有不适感。对

清　丁观鹏《罗汉图》

一个搞艺术的人来说，他区别于其他个体，比如商业个体的，就是他能够在自己的世界里面去成长，去生活。因为他是给别人创造精神世界的人，如果自己的小世界都那么脆弱，那我们就没有能力去营造别人的精神世界。

沈伟口述：
规矩的第一条就是要守住寂寞

我们是 1983 年一起进来的一批，鼓楼中学文物职业班的。对，我跟王有亮一个学校，他是二班我一班，定向培养的。当时故宫有一个跟国外合作的项目，我们进来做青铜器复制，干完以后分到各个室。当时刻章组的老师傅正好五十多岁了，要收徒弟，给我调过来的。

篆刻属于摹画的一部分。古画都有印章，我们是专门摹印章。摹画裱完以后，最后一个程序是盖章，所以说是比较特殊，重中之重的。从金禹民先生算起，我们现在是故宫摹章传承的第三代。

我师父是刘玉，他现在还健在，八十多岁。眼睛不行了，青光眼，刻章比较费眼睛。一只眼看不见，一只眼睛可能是零点几。还行，保持住了没往下发展。后来师父跟我说，他是从十几个人里选，看写字，看灵性什么的。我都不知道。

我师父的师父叫金禹民，北方篆刻泰斗。我师父"文革"时中学毕业，进故宫后先在木工室待了一段时间，心灵手巧，也是我们师爷给选过来的，来继承篆刻。他也是在故宫里学的，不是大学出来的。我没见过金禹民先生，他们有时候跟我讲到他。我们讲一辈传一辈，过去讲究做手艺收徒弟，一点点训练，现在我们师父也退休了，就剩我一个人了。

摹章组没有说一个师父带几个徒弟，都是一对一，单传。篆刻工作量不是特别大，教得好，一个就能胜任工作。

我跟我们老师关系很好，每年初五去拜年。一年可能能见个三四面，平常打电话。见面的时候就聊些过去的事，工作情况、人员变动什么的。那帮人思想感情不一样，对这个厂子有感情。老师眼睛不是特别好，每年体检我都陪他去，他在职的时候青光眼手术也是我带他去的，我在场他踏实。怎么说，就是跟父子似的，有什么要求，就直说。有的徒弟，师父退休就忘了。我们单传，不一样。所以说我找徒弟的话也是看人品。现在都是院校毕业研究生博士生，就看一个人品，看一个为人，对你师父尊重不尊重。现在这方面比较淡，因为老人不多了，我们还承接着上一辈的风气，可是下一辈，院校的又不一样。

刚来的时候觉得师父话不多，熟了以后特亲近。八十年代出国热，裱画室走了五个，我年轻还没结婚，想去日本。那时候不懂。师父没劝我不要出国。只是叫我好好学，因为我一心想走，心没用这儿，后来慢慢地心才收回来，扑在这上面也二十多年了。

师父知道我想出国。我不想出国了之后，去他们家，他跟我说，一定要好好学篆刻，这是自己一辈子的手艺。我们凭经验，不是一时冲动，心血来潮想干什么干什么，不是那样的，是平下心来踏踏实实干一项工作，一门心思扑在这上面别想其他的。因为他经历过很多事情，什么“反右”“文革”，他说手艺谁也拿不走，真的。后来觉得他说这话挺对的，也就专心做篆刻了。

师父工作中比较严厉，平常做人的话很随和。我刚来的时候，他比较内向，刚经过“文革”嘛，后来老了比较开通，有时候跟我们一块吃饭什么的。

《清明上河图》可能有一百多个章，都是我们老师盖的。我盖过的最多的一幅是《兰亭序》，一百多块章。这一百多个章里，可能既有我师父刘玉的章，也有金禹民先生的。以前摹过的章就搁组里当资料，下次可以再用。没有的我才摹。

师父最常跟我们说的是要守规矩，规矩就是圆规，帮你把章盖对地方。字面上讲规矩，第一个就是寂寞，守住寂寞。（我们）从事这一行时间都比较长，我们老师干了一辈子了。然后第二个是认真。不能出错，人家两年、三年画出来的画，我们盖印章就是十分钟，不能错。盖错了没法修，印章是红的，擦不掉的。所以干一辈子不能出错。要是光线不对、情绪不对，不干都行。情绪激动就别干活，干出来不如不干。因为人工有生命力，不像复印，人工临摹有生命力，可以反映人当时的心态。

来的第一年，是跟师父写篆字，篆刻嘛。每天写。写篆字写了一年多，偏旁部首怎么用笔都得教。然后才动刀，动刀是以磨为主。从房山那边开的石头，就是硬疙瘩，不像印章一样都是现成的，它是不规矩的，自个儿磨成方的或者圆的。这也是在练手。先锯再锉，锉完拿砂纸磨平了。怎么保证水平？底下垫玻璃，上面放砂纸进行打磨，就这个磨平都挺难的。现在有的人可能没那个心情，下不了工夫，不像我们过去，必须平平整整不能歪，一压四边不能乱晃，要打平。晃的话容易盖错，那是严丝合缝的，不能错。这里最关键的就是角度，什么叫规矩，就是这

里成九十度。

磨石头磨一年多。师父说，打好基础才有后面几步。不觉得枯燥，因为知道自己在干什么，也知道这是为了磨自己的性子。不像大学，我们比较传统，是一脉相承慢慢过来的。历朝历代都必须经过这一套严格的训练。

最后的关键是做旧。真迹有的是几百年，有的上千年，新旧不一样，怎么摹到不同的旧的程度，这是学问。所以书画鉴定方面有人看绢、看纸张，一看（是）新纸就知道不是老画。如果纸张什么的都对，最后就看印章，这是一个书画鉴别方法。做旧的方法各种各样，原章有黄的有深色的有黑的，根据它的情况做旧，比如有的盖完后涂点儿灰擦一擦，擦灰只是一种。

现在我们组就我一个人，去年我应该也带徒弟了，徒弟没进来。应该带了。现在那学生都属于科班出身，有专门书法系，一起步就比较厉害。对他们，基础的不用教了，不像我们，刚来的时候从头学起。但传统篆刻里边讲究技法和特色，这方面要再教一教。

现在讲究印章配套，不能多盖。可是皇帝不讲究那样，过去谁收藏就盖谁的。《兰亭序》就好几百个印章。皇帝呢，有专门鉴赏章，有工艺收藏章，收藏一批皇帝盖一批。上面盖满了就盖到画芯上，其实这是比较忌讳的，破坏画的整体。可是这样也有历史的信息在里边，也挺美。鉴定画的话看纸张，专家们鉴定就看印章，看印章就告诉你这画都经过了哪些人，一脉一脉的。

故宫这些字画，基本上就是皇帝印章，老先生很多都刻过。刻完了我们给收起来，就是资料了。前辈复制过了我们就可以用现成的，没有的印章，才重新刻。

过去老先生在的时候，一幅画可能临摹八年十年。中间有时候体力不济，有时候生病，但出来效果是跟原画一模一样的。老师傅临摹的许多画现在也是文物级别了，不让乱卖。

自己摹过的，印象比较深的是泰山刻石拓碑。裱起来，有 2 米乘以 1 米多吧。它特殊在于，章有时候盖一半：画芯盖一半，裱的地方盖一半。你揭的时候就一半一半的，盖的时候也是在画芯上盖一半，裱的部分盖一半，那是比较难的。必须用圆规，我们叫规矩，就方的规矩必须找齐了，然后才能用拷贝纸先盖印，拷贝纸是白色透明的，就一次一次地找，因为画芯上有，我们不能在画芯上重新盖。就盖在我们重新裱的地方，必须把整个印章给盖全了，这属于半印，可是效果是一整个印，那是比较难的。

从 1983 年到现在三十多年了，我大概临摹了几百方，上不了千。过去是给原画拍照，然后照片上再勾稿、再对照。跟现在不一样，现在高科技电脑扫描。郭文林老师比我们早一辈，他摹的画比较多，一般都是临摹原件。现在原件少了，文物不让碰。摹画，文物拿出来一放三四年，怕出危险，文物意识提高了吧，很多就用电脑扫描代替，原则是少动文物。照一次相，放电脑上，对着电脑、对着视频临摹。原画我们接触得

沈伟，故宫现在唯一的摹印传人

也比较少了。不像以前，书画组库房我们可以下去提文物。现在真正接触文物都比较少。

电脑扫描复制不仅快，也解决山水写意的临摹问题。他写意，他一高兴一画，怎么临摹？字也一样，草书你怎么复制？楷书、行书能复制。狂草，写意画，我们达不到效果，以前只能照相复制，然后人工修，着色，提色，盖印章，才能达到这个效果。现在先进多了，我们有扫描仪，一台机器十几万，那快。所以现在临摹和复制的就不多了。我们科加上照相室，编制就八个人，原来十几个呢。摹画室是逐步减小。他们裱画室要加大，因为裱画需求量比较大。

但是我们原来就讲究精，不讲究人多。八个人其实已经够了。因为我们不像别的科室，像漆器、木器、铜器、钟表，他们修的东西比较多。我们就是人工的复制，工作量比较小，但要求精。你的画必须达到原件的效果。不在多不在大，在精。人工临摹文物的越来越少了，故宫还有，可能国家博物馆还有几个，其他地方都是机器代替了。反正就是得忍住寂寞。

我是1964年的，刚五十二岁，离退休还有不到十年，正好能接班。摹章的技艺必须传下去。现在学生起点很高，不用从头学，可是这里边，印章复制，有好多比较特殊的地方，秘密的技巧，要传给下一代。画都有绝招，你想手艺方面，没绝招就没法干什么了。可能就跟窗户纸一样，觉得挺神秘的，怎么那么像，怎么达到效果，怎么盖的？就两个字：功力。时间长了日积月累，你自然而然就形成那个工艺。说是说不出来，怎么细也说不出来。因为这个全在手上呢。只能看作品，一看效果，怎么那么绝，怎么那么像啊？可一问的话，你就没法说了。很多手艺的东西，特殊就特殊在这儿。

我喜欢中国传统的东西。你看上面挂了个鸟笼，不能养鸟，脏，有鸟屎鸟毛。挂个空笼子，想象一下，想什么鸟是什么鸟。冬天养蝈蝈，冬天叫声好听，夏天你看外面鸟叫，什么声儿的都有，蝈蝈叫就没有意思了。冬天鸟都不叫了，那时候蝈蝈的叫声才好听。

我在这屋待了二十多年，我们老师退休从这儿退的。刚来的时候小院没有那个架子，我让人给搭的。还有一棵枣树、一棵核桃树。核桃树是他们师父种的，起码有个五六十年了。这个季节就可以吃了。

我是西三所里面最爱种东西的，玉米都是我的，今年我种了黄瓜、西红柿和茄子，还有美国小葫芦，都是小苗培养，秋天的时候才能收获。那边是他们点了点儿豌豆，苗出来，是被慢慢顶出来的。每年种一次，清明前后开种，秋天收获。有时候秋天蝈蝈鸟虫一叫唤，感觉那气氛就回到田园。九十月份，收获的时候就是这样，美极了。我们在这儿三十多年，没什么变化，只是春夏秋冬，四季景色不一样。春天是生长，秋天又收获，完了冬天又是下雪，不一样。一年四季，表面没有什么变化，自个儿创造一些变化。

我们快搬了，最后一年。搬家了就不能经常回来了，院规规定没事别串门，各工作室很少串。搬了，东西给别人呗。今年已经播种完了，秋天就收获了。明年，让他们后面的人种吧，喜欢就种，不喜欢就不种。一年四季完了就完了。

注释

14. 故宫博物院编《故宫博物院文物保护修复实录》，紫禁城出版社，2007 年。

伍

木器室

维护着传统家具的黄金时代

“木匠是民之本”，中国人对木头有着极为特殊的情感。几千年来，中国人一直在用远比石材脆弱很多的木材建造家园。生活在树木旁，住在木房子里，在木桌上吃，在木床上睡，用木头造纸，用木头刻版印刷。五行之中，“木”给人的感觉是最亲切的。

木器组位于西三所进门第一个院子，不知是否因为“木”的独特属性，这个小院里的树木是最繁茂的。夏天时，它们的枝杈在天空中连接起来，绿荫遮住整个庭院。

中国传统家具的最高成就出现在明代。多采用黄花梨、紫檀、铁梨等名贵硬木材，少有繁复装饰，运用木材的天然色泽、纹理，以各种直线、曲线的组合来达到简洁大方的装饰效果，“材美而坚，工朴而妍”，被称为传统家具的黄金时代。清代家具在此基础上予以发扬，用料厚重，雕刻繁琐，装饰华丽，形成了自己的风格。

明清硬木家具的收藏与修复是故宫博物院一个极具特色的专业领域。明代隆庆时期，为开辟税源而开放海禁，允许私人海外贸易。这一举措直接促进了传统家具黄金时代的到来。南洋各地盛产的贵重木材源源不断进口，制成硬木家具后，又成为重要的出口商品。它和瓷器、漆器一样，都是我国传统的外销商品，对销往国外的工艺品也产生显著的影响。[15] 硬木家具流行，皇室更是当仁不让，这种新流行的材料结合皇室要求就形成了明式宫廷家具。宫廷设御用监，“凡御前所用围屏，床榻诸木品，及紫檀、象牙、乌木、诸玩器皆造办之”，专为皇室制造宫廷木器。清朝继承了明朝的规制，设造办处，又从全国选调最好的工匠进京，形成了特有的宫廷木器修复技术。

1925年故宫博物院成立，高春秀调入故宫负责木器文物的整理和修复。当时故宫古物馆设装潢科，仅有少数人从事小件硬木器、书画装裱与钟表的修复工作，这是故宫博物院最早期的文物保护工作。解放后，相继又调入了胡秀峰、王吉友、王庆华、白锡来、史建春、赵福水，成立故宫木器修复组。如今故宫木器修复室的老师傅有两位就是子承父艺。在最大限度保留木器家具原有信息的文物修复理念之下，这些高手们的技艺在日复一日的文物修复中，交流融合，代代发展。

木器文物修复遵循“不改变文物原状”原则。例如，明式木器的特点在于面板相交处采用龙凤榫结构，伤况多是榫片劈裂或折在槽内，在修复中不能只顾外表不顾其榫卯结构。榫卯结构是修复、研究的重要一环，否则，虽表面上看不出来，但已改变了文物原状。另外，对文物原件的残损部分的取舍与复制是“不改变文物原状”的又一焦点，这是修复中最常见，也是最难把握的。故宫木器修复师郭文通的原则是：“要千方百计地使出浑身解数保留原文物的残件，慎之又慎，尽量减少复制部件的范围和数量，以保留古文物的原内涵。”他将一个碎成六十多块残片的金漆嵌玉宫灯修复到完整如初，整个过程基本没有用新的材料，仅以原件中铜丝的弹性与韧性黏合残片，完成一个造型面后黏结其他几个面，最终达到完全保留原件，完美体现了“不改变文物原状”的修复理念。

木器工作室以各项木器制作技术为基础，结合最大限度保留文物价值的要求，遵循原风格、原工艺、同质材料的匹配方式，对故宫木器文物进

鱼鳔胶，沿用千年的粘合剂

行日常护理和损伤修复。修复的基本流程为：清理污渍灰尘，记录伤况，查阅资料，分析工艺特点，制定修复方案，之后才能动手修复。比如补配的活儿，首先确定要配哪里，找出同样类型的原件进行拓样，再找同样的材料把拓样放在上面，把配件的外形锼出来，接着进行雕刻，雕刻后的物件要比照原件反复调整，直至完全契合。最后是打磨、组装、烫蜡。

许多手艺人不善言辞，更不擅长理论。在《故宫博物院文物保护修复实录》一书中出现的师傅们的文章，大多朴实无华。文章起首通常是描述修复物品，结尾往往是“一件完好的某某某，就呈现在我们面前了”或“修复工作圆满结束”，但拙于言辞的他们写到工艺规范却细腻动人。以木器组刘国胜师傅修复明代黄花梨圈椅为例，他记录的“磨光”程序为“先用细砂纸轻轻打磨，再采用传统方法用锉草进行打磨。锉草也叫节节草，是一种天然植物，用热水泡软后，用竹签穿入草的空心里，手持竹签进行打磨，这样图案所有部位都能均匀磨到。多次反复打磨之后，雕刻图案会变得非常光洁、细腻、圆润，产生年代久远的感觉”。老话讲“三分雕，七分磨”，打磨很吃功夫，功夫在现代成为武术的代名词，但在以前，它指的是时间。有的木匠用砂纸、动物毛皮打磨完了，最后用自己的手细细摩挲木件，以他们粗糙而温柔的手掌磨掉木件上最细微的毛刺，在木件表面产生一种包浆的光泽。这个过程中，匠人最大的技巧是一颗沉浸其中的心。

修复中必须遵循“原风格、原工艺”，就算有的藏品工艺水平不高，甚至，按修复者的审美来看简直是丑陋。这曾经是木器室现任科长屈峰的痛点，他沉痛地说并不是老的东西都是好的，有些老的东西很丑。最初修到这样的器物，他总有种冲动要改造它们，但这是文物修复大忌。哪怕是价值不高的工艺，“但它反映的是某一特定环境下的制作方式，体现着时代风格，要尊重其本来面目，在修复中把它的整体风格作为参照物，避免人为地、想当然地锦上添花或画蛇添足。”[16] 老师傅郭文通的这段话，简直是对徒弟屈峰的告诫。

进故宫后，按照故宫文物修复的师徒制传统，屈峰拜组中年纪最大的郭文通为师，在全组同事面前，双手敬茶，喊了声“师父”，开始之后的三年学徒式训练。但以学院一等奖研究生毕业的屈峰最初并未进入工匠心态，而是以艺术家的眼光去打量手上这些清宫用具，对其装饰的繁琐不以为然，但干活还是利索，每次都是早早交活。一次给一个玉山子底座补配缺失的底足，他一口气做完交活，师父说：“你做快了。”快了不好吗？“这东西你琢磨过吗？”听到这句话的屈峰愣住了，好像被点了一下。

另一次是修复文渊阁的一扇围屏，三块雕龙板缺损需要补全，屈峰领到一块方形的小雕龙板，对于科班出身的他这都不算活儿。雕到八九成时，屈峰瞄了眼旁边刘师傅的团龙板，发现不对，两龙对比美丑立判。刘师傅指点他：“你这龙跟没吃饱似的，身上的曲线不够顺畅，显得没有劲儿。”同样一道线，中间的轨迹、力度和律动的变化，都需要沉下心，反复琢磨。这是工匠的智慧，是匠人千万次重复后达到的自由之境，外在表现是他们创作时的得心应手。手艺人用手直接创造，从心到手绝无分离，也不容分离。虽然他们不擅长理论，但美的法则早已体现在他们手上。

修复完好的菩萨像

对于屈峰，这是一次重新审视工匠世界的机会，“在这儿最大的获得是磨性子”，不管来的时候是什么人，心高气傲也好，飞扬不羁也好，进故宫的年轻人都会经历一个“磨性子”的过程。在故宫待了十年以上的年轻修复师，气质跟新来的人是不同的。很难描述那种不同，他们走路的样子更沉稳自信，那种自信，是熟悉了文物修复中的条条框框、接受了界限后获得的一种自由，是千百次重复做一件事情后带来的具体的信心。现代社会中的成功者离自己的创造对象通常遥远，所谓成功常常是银行中网络上瞬息万变的数字游戏，手艺人的自信却诚实而具体。有时候，屈峰也管这个过程叫作修行。

被磨过性子的屈峰仍然保留着艺术家的趣味，在工作室角落里雕一个愁容骑士王小波，在院里放一个自己雕的胖墩墩的苏东坡，两个都是自由不羁、特立独行的文学家，这是他的抒情。但他也会熟练地运用木器室训练新人的传统方法，让他们砸鱼鳔，以此来磨炼他们的心性。鱼鳔胶是木器组的秘密武器，每隔一两年就要去海边千里迢迢买回来黄鱼鱼肚，用温水泡发、加热，放到铁锅里捶打，直到打成糊状，过滤晾干后裁成手指粗细长条，用时加水熬成胶。砸胶是最痛苦的，被捶打捣碎的过程中，出了黏性的鱼鳔会把整个锅都带起来。“木器室里年轻的小伙子轮流着一刻不停地砸，一天下来，顶多能砸半斤的鱼鳔胶。所以老话叫好汉砸不了二两鳔。”整个制作周期长达数月。木器组王师傅的父亲，当年修太和殿龙椅时用的就是这种胶。锅里一熬，拿根筷子插进去，拎起来都不往下滴汤儿。最关键的是，用这种胶修文物，完全可逆，用点热水一泡，就能化开。

砸鱼鳔胶，屈峰干过，他的师父郭文通干过，郭文通的师父白锡来也干过。民间手艺的秘密就包括在无数类似这样的千锤百炼中，其间并无捷径——他们不用市场上现成的，因为不如自己做的效果好。手工艺做到一个境界，对工具辅料的要求就越高，以至于只有工匠亲手做的才能满足要求，因为亲手做的物料里，匠人用了心。

史连仓口述：
木工来源于生活，也接近生活

我三岁就到故宫了，就在故宫脚下住。每天都是我父亲带着我在北门这儿玩耍，他上班我就跟着，故宫里头我是很熟的。小时候故宫人少，树也少，空地多，我父亲工作那边有空地，他们种白薯。9月份时刨白薯，科技部原来有两个车，我们家分了两车半大白薯。那时候我小，我妈让我擦白薯丝，我就抱着一个大白薯这么擦，擦完了白薯丝吃包子，剩下那汤过滤，能出好多淀粉。这是童趣。

我父亲就在木器组，1955年到的故宫。他年轻时在北京学徒，后来故宫成立修整组——科技部前身是修复厂，修复厂前边是修整组——那时候需要人，他师兄来得早，这边缺人就把他招来了。他师父是高春秀，师兄胡秀峰先来，然后把他找来的。在我的心目中，我父亲手很巧，心很细，他什么都会弄。你说木器，黑白顶他也会。我侄子小时候玩具少，父亲用汽水瓶盖焊得跟绣球似的，一瓣一瓣的，焊得很圆的。他很巧。

我是1980年来的故宫。“文革”时号召不在城里吃闲饭，故宫也有个五七干校，在湖北，号召家属随着走。我母亲那时候身体不好，一到夏天就起痱子，湖北不是热吗，就回来了。1979年我回的城，回城以后，一直没有工作，我父亲在1980年退休，我接他的班。

三岁就跟随父亲进宫玩耍的史连仓，故宫更像他的第二个家

他是木匠出身，在家里做些木工活儿，我耳濡目染，也熏染了一些，实际上到农村以后也做了一些木器东西。你像锅盖，那时候农村一般都用竹竿编的，我就给他们做木锅盖。实际上在农村这几年我也锻炼了不少，我们村就一个木匠，有什么木器活儿的时候都找我，打大车架子那会儿都干过。

到木器组之后，是跟我父亲学艺。接班，你毕竟得接好班，得学，学到三年以后才能再有别的想法。后来换了主任，不留用了，就让父亲他们走了。其中有王师傅的父亲。正好三年多一点。

刚工作的时候很忙的，一有展览，就晚上加班。

修复，修容易一些，复制就稍微难一点。比如说我们得上医科大学复制一个药柜，实际上是楠木做的。你做的那个榫卯一定要跟严的，按照原来那个接法，那榫给它窝进去了，不平不好看。难度其实挺大的。

修复的细节，特别老的东西，要是缺损了，需要补配那就难一点了，需要雕刻就更难。浮雕还容易一点，透雕更难，要是缺的面积大一些，那就复杂了。参与修过的印象深的，皇极殿那个计时钟，一个铜壶滴漏，那是比较重的。九几年要去美国展览，给大拆大卸了，有些配件需要补配，配上了，组装，组装完了没去成。修太和殿龙椅早了，我没参与过，那是老辈的事了。袁世凯坐的椅子，我修过很多。

1980年进宫到现在也三十五年了。跟民间木匠的区别来说，工艺没多大区别，都是榫卯结构，就是细的工艺上有差别。比如雕刻上，民间都是软木头，一些柴木，就这么大差别，其实结构上差别不大；价值来讲，咱真是比不好，民间的东西毕竟是民用的，这都是皇家用的，没有可比性。

我结婚的时候家具是我自己做的，自己做的榫卯，该刮的刮，这个工艺上确实差别太大。因为什么呢，咱们是柴木，到这儿都是硬木，硬木来讲就得细。

最近修复的这把椅子是明代的，黄花梨的，很秀气。明式家具都很秀气。按照修复来讲，首先得了解它的朝代。按心情来讲，朝代越长的，越精细一点。但其实我们修什么都一样，修什么都精细。

如果你没有木工的基础，三年我估计是不够出徒的，应该再长一些。但要是像他们从美院出来的，有雕刻的基础，有观察力，有动手的能力，这样好得多。

你要不喜欢你也坚持不了这么长时间。喜欢什么？喜欢就是它接近生活，因为它来源于生活，也接近生活；而且每天都有新变化，每件活儿都不一样，也可能阶段时间会重复一下，每天都能接收到新的器物，每天都有新鲜感。

还有两年零一个月我就退休了。我对这儿太有感情了，跟他们真不一样，十几二十几岁才认识故宫。我是三岁就认识故宫了。进来以后，挨屋串，从这儿一直串到我父亲那屋那儿，对各屋都很熟悉，很有亲近感。就像自己家一样。那时候一到周末，故宫里头还放电影。我今年五十八,五十多年对故宫的感情。

嘴上我也说退了休我就走，实际跟别人不一样，他们退休就走，对于我来讲，还真是有点恋恋不舍。如果需要我返聘，我会义无反顾地回来。这份工作吸引我的地方，说大了，还是雄伟建筑，我去的地方也不少了，但是还没有去全；说小了，还是自己这点私人感情，真是那样。

听说2016年要搬到西河沿儿去，当然会舍不得，对这个院感情深。可能有人会觉得搬到新环境，条件更好，那是另一种想法另一种思维。这是个旧的地方，可你是为皇家修旧东西，还是以旧为首选。为皇家看家护院也好，是修复打杂也好，都是很神圣的，毕竟是老祖宗的东西。

我们修完以后，不像画画，都有自己的落款。我们修完以后，什么也没有，就是现在才有个修复档案，档案里头有自己的名字。原来就是赶紧修，修完拿走，对留名看得很淡，也记不住留名。我老想记住，老想写日记，今天修什么了，记下来。年终总结的时候，老下决心，从明年开始，但是明年一开始，还是没记住。快乐全在修复过程中，自己有自己的成就感。

如果有一天离开故宫，我不会做这个。出去做也就是为了点钱，现在不需要那么多钱了，够吃够花得了。咱也不为名利，有些人出去是为了名，咱也不为名，就更不为利了。在这儿工作，人熟地熟有乐趣，出去人生地不熟。我这个人嘴笨，守旧，你要出去干，你这岁数了，人家不会让你干，得让你说，嘴笨得说不出来，人家怎么用你。说得天花乱坠的没用，踏踏实实的，只要是故宫返聘咱就干，不用我了回家就完了。踏踏实实地回家养老去，实实在在的。

屈峰口述：
文物的价值不在于修复，而是传承

我是初中开始学画画的。我表哥就是画画的，他自己没考上，但他是我们那儿中学的美术老师，他老想培养几个学生考上，有一年就还真有一个考上了。

我上的那个中学可以说是我们那个地方最差的。比我高年级的初三的学生全部被逮了，少年犯，逮得就剩了四个女生。但是自从那个美术生考上以后，大家发现搞美术能考上中专，那时中专是分配工作的。在农村大家都觉得分配工作那太好了，就拼命开始画画。

我是 2002 年中央美院本科毕业的。毕业去了京郊昌平的一个雕塑厂，做一些铁雕类家具。我老爹老说你要想想你是农村出身的，没有关系，得全靠你自己。他说你有个好脑子不如有个好老子，可是你老子不行，你自己想办法吧。所以当时毕业，我找了好久才找了那么一个厂子，特别庆幸还解决户口。我感激给我解决户口的人，给他买了两条烟。两条烟解决一北京户口，后来跟别人说，别人都觉得是传奇。工作不到一个月，厂子就不行了，然后我就回归社会了。你得面临生存，怎么办？办学习班。

办学习班吧，我这人性格不适合。一个是我看这小孩不认真我就着急，容易发脾气；另一个，我发现天天跟这帮孩子纠缠一些你已经完全不想再谈的问题，但是你每天都得谈这些问题，后来我就说不行，考研吧。我那个导师，他也说你还是考研吧，所以我又考了研究生。研究生毕业，又面临找工作，我的师妹，就那边那个科长孔艳菊，她跟我说，我们单位招人，你要不到这儿试试。就晃晃悠悠，一关一关过了，我就混进来了。

到这儿以后，我当时的感觉，很失望，不是失望，是很失望。我觉得这儿是个老古董，而我们是做当代艺术的。我记得我签三方协议那一天，我就在门前那条窄巷子整整徘徊了一个小时，我从那儿走到大门口又转身回去，走到大门口又转身回去。因为我们班研究生毕业的时候，我专业成绩是最好的，学院一等奖，我想到这儿以后可能就做不了艺术了，那时候对艺术是很执着的。

我之前没干过文物修复，在学校时我修过石膏像，是个教具，借来了，不小心碎成了六十多块，我和师妹俩人连夜把那个给拼起来，拼起来以后给修完，然后做颜色，拿到教具科，教具科愣是没认出来。因为我们平常做完雕塑以后，翻石膏肯定有一些地儿不对，我们得修它，所以修这个没问题，这是美术基础。

当时我设想的时候，觉得故宫应该条件特别好，每个人就跟医务人员一样，环境干净整洁，设备齐全，我们都是戴着面罩，就跟那种做生化武器一样的感觉。来这里修文物，进来以后我一看就是一个老院子，里边大家都在修几百万几千万甚至上亿的文物。文物跟这个环境不太搭。

最大一个落差是什么？我们在美院学习的是创造性，修文物不是创造性，修文物是你必须严格按照文物身上所具有的那个规律来做，这对你是限制。我刚开始确实不适应，不是老的东西都是好的，有些老的东西很丑，我老想给它改了，就老有那种冲动，但是理智告诉我这事儿你不能干。所以就一个丑陋的东西，我每天还得按照它丑陋的方式再给它修复。这几年慢慢转变了，觉得丑陋也是一种存在。

前些年，我当时说一句玩笑话，我说我用了一年时间混进来，但是用了七八年时间想混出去。后来我为这个还做了一系列作品，都是想逃离这个高墙。那种创作的情结一直让我觉得，你还是想在这个文化的发展上，做一些事情。

我这些年独立修的文物不多，因为大部分时间都耗在了管理上面。但是呢，我从头到尾修了一把椅子，叫紫檀嵌瓷片椅。那个椅子，故宫里边一共有十四把，所以它肯定不是随随便便做的，是为某个活动做的。椅子坐围上面内外都嵌瓷片，瓷片一看是专门为这批椅子烧制的，因为它的形不规则。椅子是用紫檀做边，里边呢是黄花梨的影子木。什么叫黄花梨影子木，就是黄花梨树，树根或者树瘤开片做的木板，这个木板上又嵌的是瓷片，瓷片上都是花鸟，每一个花鸟图案都有寓意，比如说喜鹊登枝、牡丹富贵。他把瓷片固定在那儿以后，背面嵌片是没有痕迹的，这个结构是两层板，先把这层瓷片嵌好，后面打洞、拧紧铜丝，再用一层板夹合上，你这样外边都看不出来。这个椅子当时送的时候四条腿断了三条，全部是劈裂了，很简单，它结构设计上是有问题的，里边腿和椅面结合的差那么一个榫。而且在选料上，它没有注意木纹的问题，它的木纹是斜的，一斜向使力它就劈，所以那三条腿全折了。从它的足能判断出来这个椅子做得不是很早，应该说是清中期以后的东西，因为

从性情张扬的艺术家到木器修复师，
屈峰说，这也是一种修行

屈峰雕刻的佛头

它那个回纹马蹄很明显。掌和腿结合处，用了一个特别逗的设计。一般的椅子腿结合的话，做一个隔间榫一插就完了，而它又在隔间榫前面加了一楔子，又为了让那个榫卯穿过去，楔子就设计得比较复杂。我刚开始以为是料不够故意这么做的，但是十四把都是这样，不可能啊，那可能就是有意识这么做的。那为啥非得要这么做呢？美观嘛也不是很美观，又费工又费力，干吗非得这么做，一直是一个不解之谜。

修文物跟故事一样，你不断地探讨，但是有些谜底至今你还是查不出来。

从我来到现在，九年了，碰到一级文物也就三次。一级文物修复是很麻烦的，需要做修复方案上报文化部审批。三次里还有一次是一张画，带着画框来的，我们修框子，画归别人修。

拍纪录片的时候，正在修的是那尊菩萨像。送来的时候佛像两个手指头断了，下嘴唇缺一块，飘带碎了，底下的莲花座那莲花瓣也都松散了。当时他们提的要求，就是只要能保证展览使用就可以了，不再过多修复，因为要尽量保证文物的原有状态。我们就先除尘，松散的地方该粘的粘，底下的莲花瓣按它原来的样，换的竹钉钉进去，这样的话展览没问题。但后来我觉得这两根手指头断了，挺难看的，而且它手指头断了一截，下截存在，根据现有的这一块儿能够判断出来手指头的形态，另外根据旁边儿根手指也能判断出来它的形态和大小，所以我就给他们打电话，建议把手指头给它补上，这样的话会有一种完整感，我们觉得这样修出来一个菩萨像站在这儿显得比较完整。

然后是胳膊这块有劈裂，本身不打算修，但是这块披帛紧接胳膊和身体，如果不修，断裂这块儿胳膊就很不稳定，搬运的过程中容易把胳膊撅折。当手指头还有胳膊这些补上以后，我就进一步跟他们商量，下嘴唇要不要补上，因为下嘴唇缺得不多，而且那半拉下嘴唇存在，这半拉不存在，我们可以根据那半拉把这半拉补上，这样的话就显得是一个很完整的菩萨像。要不然有时说残缺是美，但是残缺那一点儿感觉总是让人觉得不舒服，而且我们是做到有依据来补，没有依据我们是不会再补了。我们在补的过程中会有一份档案来记录，某年某月补了哪个地方，这样的话大家就比较清楚。

这个菩萨是辽金时期的。辽、金、宋这三个时期的佛造像，尤其是菩萨造像特别相近，很像很像，基本难以区别。但是它还是有一些小区别，一个是它身上的服饰，它的头冠璎珞，有一定的区别；另一个就是它在做法上稍稍有一点区别，这个就是，很玄了，实际上就是一种气质。

宋代的你一看就是汉人做的东西，和少数民族做的东西还是有一点区别。而且敦煌壁画里头有金代的壁画，那个壁画上画的服饰和那个璎珞跟这个佛像是一致的，壁画上面它是有纪年的，这个就是一个标准样，你就可以参考。我觉得故宫研究历史学的、科技的多，但是从美学艺术学研究的不是很多。

我会从艺术的眼光来欣赏它。比如说研究科学的人，他看家具的时候，他会注意它的结构力学的原理，我可能更多地看到的是它的构成美学。所以我写的东西大部分都是从艺术的角度来切入，可能跟我们这儿其他很多由科技来切入的又不太一样。在我看来，文物跟中国传统文化关系很大，一个文物的格调，用仪器肯定测不出来。

你看拜佛是为了什么，求你赐我点儿什么，你赏我点儿什么吧，都是要这个，最后佛像也是走向世俗，越来越像现实中人。有一本佛像度量经，对佛有一个描述，佛是什么什么，讲了三十种像，八十种好。但是你要今天的人来看，那简直太可怕了，比如他两个脚没有足弓，是平脚，脖子上有几圈肉，大的披肩。但是人在这个过程中他也会改造，比如宋代人做菩萨像，那他就把宋代对美女的评判，或者说哪一种人是有福气的，他就把这些世俗观念加进去，所以弯眉毛、樱桃小口这些审美观念自然就会进入佛像造型之中。

而且佛像的根据是有样板的，每一个师父带徒弟都会给你这么一个样板，你照着做，这一时期的佛像，你去看，基本特征差不多。可能这个匠人笨一点或聪明一点，做的效果不一样，但它眼睛的造法，眉弓的造法，嘴的造法，或者脸蛋的造法基本是一致的。

这个算还可以了，不算最好的。最好的我也没有修过，都在国外博物馆，有很多特别漂亮的。敦煌这类像少，敦煌佛像主要是木胎泥塑，它是用木头搭的架子，裹上麦草，然后用泥巴糊的木胎泥塑。这个应该都是在寺院，石窟里边肯定不会做木雕。如果是在悬崖上做的话，它一般都是石胎的。但是到宋代，因为彩塑多，彩塑多就泥巴多。元明泥塑的特别多。

我认为修旧如旧，旧就是经过了历史沧桑才叫旧，必须是经过时间磨炼才叫旧。要把它修成跟新的一样，那你重做一件不就完了，你按照它的工艺重做一件，你干吗修它。修它的原因，是因为它在时间磨损中有损伤了，我要让它不再损伤，延长它的寿命，并不是说我就要把它弄成一个新的。比如说一个人，他老了，我们只是让他身体整个健康能多活几年，我们不能说把这个人一下子变成二十岁，那是没有意义的。就是因为他走完了这一段人生，他的历程这里边有很多事情。文物的生命和人是一样的，你要把它修到那个婴儿时期，那意义有多大，那我们把故宫拆了重盖一遍，按过去的工艺重盖一遍，何必修它呢。就像表面的漆，正因为那个漆经过沧桑历史它才变得斑驳，它有断有裂纹，我们才觉得好。它是另一种美，它是历史沧桑的美，对吧。

经常有人让我给把把眼。咱只能建议，不能左右人家，他们有钱愿意上当也行。比如有的把白檀刷一层紫色，他就当紫檀买，那两个价格能差多少倍，天哪，也没有办法，上当的人很多。我很少帮人看，不愿意负这个责任，因为他们就不是真正爱这个东西，好多都是做投资的。这个东西说白了水深得很。你给人家看，有时候经验不足造成失误，那损失就大了，所以我就是给朋友看看。

现在有空我还做自己的东西。下一步要关注的是当代人的生存状况，这挺有意思的，也是我很矛盾的。一边我是要不断地去吸收新的思想，可能新的观念激发我创作，另一方面我又在搞一个很传统的研究，这个研究从刚开始可能是被迫的，到最后走着走着，也就觉得挺有意思的。现在也慢慢地开始变成从被动到主动。有时候我在想，我自己感觉挺变态的，一会儿干干这个，一会儿干干那个，但是这两种碰撞，可能会激发出一些更新的想法。

我也有工作室，做自己的东西。现在自己业余时间都在做作品，所以我为啥中午不愿意让他们来打扰我。我每天晚上工作到十一点，洗洗涮涮睡觉都十二点半了，早上六点钟就爬起来，我就全靠中午睡那一会儿。

最近在做一块浮雕。前两天又通知我，让我做一个反法西斯的雕塑展，这个没敢回，因为对这实在没兴趣。我作品尽量不涉及政治。还有你还得再挣点钱，所以这两天我还给别人做像，做一肖像。那怎么办？你说故宫的工资吧，在这个行业里好像还行，但以北京的生活成本算来，完全差得太远了。我现在一个月工资九千多，一个月房贷七千多。房子没钱买就拖得晚，拖得晚就贵。你没钱就贷款多，贷款多，房贷还款就多。

好多师弟师妹们，有些人家确实作品卖得好的，他们不会来。我跟你说，当初我刚来的时候，我有一个同班同学，他养各式动物，很赚钱，现在已经开始养赛马。前一段时间，他跟我说俄罗斯经济不景气，马降价了，才三百多万一匹马就买回来了。我刚来的时候，一个月挣一千四百块钱，然后他就跟我说，要不你来给我养狗，我一个月给你三千，羞辱我你知道吗？所以你说我刚来的时候，我能不想走吗，就感觉根本养不住自己。

我们工作这小院，你长期生活在城市里，来到这样一个环境你会觉得很美好，因为它是田园般的感觉。你像我过去二十多年全是生活在农村，看这个环境我觉得我人生没改变，我从农村到农村。

我们院种的东西最多，主要是果树，满足大家很多嘴瘾。小动物都是收留型的，都是别人养着养着不要了送给我们，最后慢慢养着养着就成负担了。这些鸟什么的，你每天下班可能把它忘了，忘了你就提心吊胆的，如果放在外面，第二天你可能见到的只有几根毛而已。有猫有黄鼠狼。这晚上你一走，这院子里面就跟动物世界似的，什么都有。

修复文物这个东西，喜欢吗，也还行，为啥，它是动手的事情，做艺术的人就喜欢动手，这是天性。比如说那一块儿缺一个东西，你让我补，我就很清楚该怎么补，一步一步要怎么走，我保证能给它补得基本一样，没学过这个的人，他不知道从何下手。这种可能会有一种成就感，你说干了九年，要是说一点都不喜欢，很反感，那也估计挺难的，那九年我估计自己都疯了。也是从不太感冒，慢慢变得现在有点兴趣。但这些文物对我来说，我真的也不会留恋，因为就是过客。我只会说，这件文物我修过，我放心，因为我是认真对待它的，我不遗憾。

在这儿最大的获得是磨性子。可能有人觉得掌握了很多知识，学会了如何去认木头，如何判断风格年代，这个东西实际上是个人你慢慢都能学会，只要你用心。难的是磨性子。我以前是个火辣辣的性格，现在这几年磨得越来越平了。我是一个跳跃的人、动的人，文物是死的，它不动，不管你怎么着对它，它都那样。没的选择的时候，我跟它耗，耗不出什么，那干脆行了我怕你了，在咱俩的对抗中你赢了，那我就好好地去做你，那我就静下心来我研究它，我了解它。就是一种修行。

佛像很难刻，一刻你就知道，味道很难把握。怎么能刻出那种神秘的纯净的微笑，那是最难的。古人讲究格物，以自身来观物，又以物观自己。

最早的时候说玉有六德，以玉比君子，玉就是一块石头，但是中国人就能从上面看出德行来，他都是以人去感悟物，以物来推导人。所以说古代故宫的这些东西是有生命的，人在制物的过程中，总要想办法把自己融到里头去，这样物就承载了人的意识，承载了人的审美，承载了人的认识。为什么我们一直要坚持手工修复文物，这个过程中你可以去跟它对话，去交流，去体会它。很多人认为，文物修复工作者因为修好了文物而有价值，不是这么简单，修文物的过程，修文物者他的生命也在传承。

注释

15. 王世襄著《明式家具研究》，三联书店，2007 年。
16. 故宫博物院编《故宫博物院文物保护修复实录》，紫禁城出版社，2007 年。

陆

漆器室

可以巧手以做拙作，
不能庸工以当精致

中国是世界上最早发现并使用天然漆的国家，和丝一样，漆也是中国人的独特创造。割开漆树树皮流出的树脂为生漆，晒制后称大漆，也称国漆、金漆。漆器，是以大漆髹涂在不同材质的胎骨上做成的器物。早在河姆渡文化遗址中就有朱漆漆碗出土，可知漆器髹饰技艺至少已有七千多年历史。因其质轻、色美、耐用，从杯盘碗樽的饮食器皿到床榻屏风的家具，自战国至唐宋，漆器覆盖生活各个领域，到明代，漆工艺进入辉煌期，遂有漆工黄成撰写的漆工艺名著《髹饰录》问世。

大漆在胎骨表面结成坚固漆膜，防潮防腐、耐磨耐热。许多考古发掘的漆器木胎已朽烂，漆层却灿然完整，因此，大漆在中国文化中也被赋予永恒之意。“坚牢于质”“光彩于文”，瑰丽的色调加上文化上的永恒隐喻，漆器向来是皇家的御用器具和宫廷珍藏。战国已有官办漆器作坊，庄子即是宋国的漆园吏。这一传统到明朝达到高峰，宫廷作坊果园厂由国家监管。当时在北京服役的油漆工匠每班多达五千余人。清宫造办处“漆木作”在明代漆器制作的辉煌上更进一步，技艺手法集历史之大成。晚清至民国，因国力衰微，漆器制作亦进入式微。

在故宫众多文物藏品门类中，漆器共收藏一万七千七百余件。其中，清宫遗存一万六千余件，荟萃了元、明、清三代上等佳器，以官造为主，民间作品兼而有之。如何修复漆器文物，传承传统的漆器髹饰技艺，是故宫博物院的一项重要保护任务。从上世纪五十年代初故宫博物院成立修复组开始，漆器修复就已纳入其中，多宝臣等久负盛名的髹饰艺人，成为故宫博物院漆器修复的第一代奠基人。依靠师徒相传，故宫博物院的漆器修复技术已传到了第四代。

从漆树上采割下来的漆是生漆，生漆不能直接用作表面的髹涂装饰，须经过炼制。如果做色漆，须要先做透明漆，将生漆放在太阳下晾晒，蒸发水分，提高其透明度。如果没有阳光，在室内用两百瓦的灯照射也可。晒制时须要经常翻动生漆，不令其表面结膜。在这个过程中，不可避免会出现过敏。“生漆毒烈”，故宫漆器组所有的工作人员都要忍受难熬的生漆过敏。

推开漆器组的木门，一股淡淡的香味迎面而来，是混合了木头、大漆、墨汁、薄荷油和陈年旧物的好闻的气息。在尝试过松节油、桐油等油质后，漆器组如今选择薄荷油作为大漆的稀释物。纯天然的薄荷油是食用级，挥发干净，对身体较为安全。

和铜器组王有亮师傅待客时的北京风味浓郁的茉莉花茶不同，漆器组闵俊嵘待客的是普洱，以公道杯分成数杯待客。茶叶的不同，是大茶杯冲泡还是公道杯分杯，这一点点细微区别道出了两者的年龄差异：因为没有老师傅，漆器组是故宫文保部平均年龄最年轻的。2004 年进宫，跟师父学了八年的闵俊嵘，在师父退休后的一段时间仍感到强烈不适。在文物修复中，八年学徒堪称短暂。有师父在，遇到事儿师父能出面指导，这种安全感的消失给了他极大的压力。

屈峰和闵俊嵘年龄相差不大，但是没有人管屈峰叫小屈，却都管闵俊嵘叫小闵，这大概源于后者身上的学生气。小闵应对压力的方式堪称笨拙。作为漆器工匠修复古琴，被议论“不会弹琴能修琴吗”，他便选择拜师学弹奏古琴，进而学做古琴，通过这样漫长迂回的方式，他为自己

漆器组新人王晓军在修复文物

获得了修复古琴的资格。虽然他可以不理会议论，毕竟保护性修复只做表面漆层固定，不涉及琴音效果，“但修复原则是，必须水平到了，对这件器物了解，包括从认知上，从工艺研究上，从修复水平上，都要到一定水平然后才去做。”

为了解大漆，小闵跟房山的漆农一同去采漆。三伏天割取的漆液质量最佳，且必须在日出之前采集，在太阳升起之前的五个小时内。一个漆农大概能割六十棵树，忙碌一晚上可采漆八两。“百里千刀一斤漆”，一斤漆中，有深夜的劳作，还有失足跌落山崖的风险。他和漆农共同经历了劳作与风险，现在，这一桶半透明的生漆对他来说，变得有温度。

利器美材，是工匠的底气，他用心和身体共同理解它们。

一趟趟地上山，一张张地斫琴，小闵由美院培养出来的艺术家思维，转向工匠思维。他开始为自己也曾觉得“太丑”的清代工艺品辩护，因其工艺水平之高超几乎无法超越。同为工匠，“就觉得你先追上它们的工艺水平，再说别的。”相比于跳跃发散、讲求创意观念的艺术家思维，工匠思维是立足于地的老老实实，是在意每一件物品的手感，是面对文物如履薄冰的谨小慎微。艺术家要性情张扬才能有观念上的突破，而工匠对文物的虔敬之心日益成为职业性的谦恭。所以不是所有送来的文物都能修，“不能修的我就不接”。

“可以巧手以做拙作，不能庸工以当精致”，《髹饰录》中这条工艺原则，最好地概括了匠人原则。好的工匠，一定是通过笨拙的学习之道成长起来，其间绝无捷径。因为寻求捷径的投机在路的起点已被摒弃。闵俊嵘的这条道路，也是许多和他一样美院毕业做文物修复的年轻人的必由之路。

同时，职业的敬畏与谦恭渗透了他，变成他生命底色的一部分。小闵有公认的好人缘，这从大家叫他“小闵”也能看出来。他说自己师父为人守规矩，很少去麻烦别人，但是别人有需要帮忙的话很热心，听到的人脱口说：“这不就是你吗？”你知道，自己有麻烦可以寻求他的帮助，但也知道，面前这个微笑的书卷气的男子绝不是毫无原则的老好人，温而厉，恭而安，大概就是这样的气质。

从生活中来，覆盖中国人生活各个领域的漆器，伴随着晚清国力的衰落而式微。曾经，从杯盘碗盏到佛像古琴，从日常生活到皇室奢华，漆器无处不在，其工艺在明清两代登峰造极；隋唐时传入日本，对后者的漆工艺产生极大影响。如今，漆器在日本人的生活中还经常出现，在其发源地，中国人的日常生活中却早已缺席。漆工艺变得极为小众，大部分人会将其与化学漆混为一谈。作为一门冷门技艺的从业者，故宫的漆器修复师，每个人都有向别人解释自己到底是做什么的经历。

对于手艺人闵俊嵘而言，通过格物致知，他一点点褪去年轻人面对世界的茫然，在这个物质世界找到了自己安身立命所在，“我的人生目标是希望等百年以后，我做出的器物还能传给下一代。”器物的世界，安静而诚实；对于社会人闵俊嵘来说，他也希望能实现自己的社会价值，为漆工艺的复兴做一点事。

古琴通过弹奏者发声，弹奏者成为器物的一个通道。文物通过修复它的人说话，闵俊嵘的话，让人听到漆器历史的声音。大漆中有技艺，也有记忆。

闵俊嵘口述：希望我做的器物能传给下一代

我是中央工艺美院（1999 年并入清华）毕业，漆工艺专业。当时我考艺术院校时就考中央美院跟工艺美院这两个。中央美院我考的是版画，工艺美院这边就顺带考、顺带报。之前复读两次，报的都是陶瓷。第三次时，一个同学说别报陶瓷了，咱一块儿学个漆艺吧。那时根本不了解漆艺。就像我学艺术一样，当时重点高中没考上，我家附近有个美术类职业中专，就走上了艺术道路。学漆艺也是很偶然，这就是人的命运。

大一时候接触漆工艺，镶嵌、刻漆，觉得没啥意思，刷好漆往上刻，跟版画差不多，但又太工艺了。我们那年工艺美术系刚成立，把漆工艺跟金属工艺两个系合并一起，增加了一个纤维艺术，一个首饰专业，大二有同学说别学漆艺了，去学纤维艺术吧，那个老师挺好的。清华鼓励学生转院系，选自己喜欢的。就去读纤维，去了发现越走离艺术越远，当然老师对我特别好。然后又接触到漆艺的常老师，他原来画油画，后来留校教漆工艺，因为他我发现漆艺完全可以走向纯艺术。不行，还得回去，还学漆艺。但是对纤维的林老师到现在都很内疚，因为老师对我很好。那也没办法，我从 1995 年学美术，到 2000 年考上，花了五年时间，我不能为了老师而跟自己的内心违背。

闵俊嵘在修复乾隆御稿箱

毕业来故宫也很偶然。在学校布告栏里面看到有招聘信息，我就问老师，老师我是去故宫，还是找个学校当老师？留北京的话就是中学老师，或者到地方美院教漆工艺，那时各个学校都在开工艺美术课。老师说你去故宫吧，故宫挺好的。就是每一步，学艺术，学漆，然后来故宫，可能就是命运的安排。

我是2004年来，跟师父学了八年，直到他2011年退休。师父为人很守规矩，很少去麻烦别人，但是别人有需要帮忙的话很热心。领导安排什么那就准时完成任务。干活不惜力，有一年做裱画的案子，他去刷大漆，案子非常重，抬的时候把腰给闪了。

漆器的历史在中国非常之长。浙江省博物馆藏了件朱红漆碗，七千年前出土。据此推算漆工艺可能更早，因为那时已经用红色颜料了，纯生漆肯定会更早。明代有一本漆工艺专著《髹饰录》，黄成写的，里面记录了十四大类，上百个品种。

科技部漆器组跟清宫造办处的确有些渊源，这种传承在清末的时候断开过，当时皇室都散掉了。但是这些人离开皇宫以后，包括他们的后人，以及原来给宫廷提供材料的，民国时他们就在东四、崇文门这一带开古玩铺，比如继古斋，毕竟漆器东西不少，也有宫廷流出去的好东西，上他们那里修一下，修老东西同时自己也做一些。这些堂号在五六十年代的时候还有。

五十年代初，院里比较重视修复，成立修整组。漆器修复这块，是从这些古玩铺、北京的雕漆厂里抽调了三个人，比较有名的叫多宝臣。老先生是经过王世襄先生推荐，到故宫来做漆器修复的。我看多宝臣的档案，他和他爱人上一辈都是做漆器的，也做漆器修复。如果往上追的话，跟清宫造办处还是有渊源的，很可能是造办处工匠的亲戚或下一代。我们把他们算成第一代。三位老师傅从六十年代开始带徒弟，其中有杨玉珍、陈振声，那是第二代。我师父叫张克学，是第三代，陈振声的徒弟。我们是第四代。

六十年代的时候，修整组里大概有十几位老艺人，他们共同修复了太和殿龙椅。这个宝座故事比较长，还得从袁世凯说起。袁世凯复辟之后，他要有新的气象，移走原先宝座，自己做了一个宝座，椅背子特别高。1915年放上去，一直放了三十多年。到六十年代，朱家溍先生受命恢复太和殿的原装陈设。他就开始找一把合适的龙椅，换掉袁世凯的宝座。找了好久，有的小，有的风格不对，有的工艺水平不到位，最后根据1900年溥仪的一张老照片，在一个库房里找到了一把残破的椅子，工艺风格是明代的宝座。木器、漆器、金属不同工艺种类的十几位老师傅，从1963年开始修复，1964年的9月完成。

我没听师父提起这次修复的细节，因为隔了两代。我也很感兴趣，有时候我去木器组找老师傅们聊，就想知道那个宝座修之前是什么状态，然后一看老照片，修复前就是一堆木条，断壁残垣那种感觉。现在这个宝座，那种气势，那种气息很壮观。前后对比确实震撼。这些老艺人，这些老前辈，他们的修复几乎是天衣无缝，很难发现哪些部分是新的，哪些部分有色差、雕刻风格有差异，水平非常高，相当高。

龙椅的工艺跟屏风，包括地台的雕刻部分，工艺都是金箔罩漆。金箔罩漆在宫廷中应用较多，太和殿、乾清宫、皇极殿里的宝座屏风系统，基本都用金箔罩漆工艺。而且金箔罩漆是整体的，整个宝座、龙椅、屏风，全部在木胎[17]上做地仗层，做保护，做底灰，灰胎[18]做完之后髹底漆，然后髹金胶漆，之后就是整体贴金箔。金箔为赤金箔，含金量约为99%，相当于现在的K金。金箔薄，容易磨损。而且这种金色太亮，整个大殿，黄金颜色的龙椅和黄金颜色的屏风，太过刺眼。所以最后有罩金髹工艺，在上面罩天然大漆。天然大漆本身就是半透明的棕色，罩上去之后形成坚硬漆膜，起保护作用，另外压住金色光泽，使之有种薄光内敛之感。即使在宫廷里面，金箔罩漆也是高级工艺，并非应用于所有家具。等级略低些的家具和龙椅，是整体髹金，或局部描金[19]。

师父是七十年代来的，七几年记不清楚了。他喜欢雕刻。漆工艺种类很多，其中雕漆[20]在院藏文物里数量较多，且制作周期长，工艺复杂。师父侧重和擅长修复雕漆。他对雕刻艺术痴迷，自己也刻章。这些老师傅退休后，很多院里都会返聘。他退休时就跟他商量，但他要在家看孙子，周末他在昌平有套房子，自己还要去干雕刻，做作品，他就不来了。

所以我们漆器组是平均年龄最年轻的，因为我们师父退休了。师父刚退的时候，我特别有压力。之前一直有师父在，有什么事儿师父能给指导一下。刚退的时候确实这种感觉比较强烈，现在慢慢也在适应。

我 2004 年来，赶上 2005 年故宫博物院建院八十周年院庆。有一个展览叫“中和韶乐”，有编钟、编磬、琴、瑟、笛、排箫、笙等十多种乐器，件数很多。2004 年就开始往这儿送文物。师父说，从来没见过这么修文物的。以前宫廷部、器物部有文物交接，都是推个手推车，两个人送过来。但是那次不一样，一个 130 的卡车，直接一车拉过来。

科技部有轮转制度，新人进来，到每个科室待上一两周，熟悉一下。当时大家都在转，我转到实验室时，裱画、摹画、钟表、木器还都没去过，师父打电话说要不你回来吧，咱这儿的活多。我赶上了这批文物的修复。师父带着我们集中地去教。就是我做每一步，师父都会来指导。基础工艺我了解，但是修复这里面的操作规程，一些经验技巧，这是需要师父来教的。当时修过一件瑟，所以去年迎接建院九十周年庆时，我选了一张最破的瑟，破得乱七八糟的。就要这种对比效果。一个同事说

上　炼制后的生漆

下　闵俊嵘和同事的日常修复工作

这修完了是什么效果，想象不到。我能设想出来，因为我修过。

基础功要练多久因人而异，现在部门规定是第一年不动文物。比如说我们组的几个新人，都跟我一个系，比我毕业晚，他们有工艺基础，一年以后差不多能上手了。漆工艺这个专业算是科技部里最对口的一个专业。像木器那边，他们学雕塑的，没有做过家具，就得从磨刀开始。我来之后做雕漆，这个工艺在学校里也是从做刀开始，素髹、描金这些都学过，没有问题。

如果没有工艺基础，比如原来是画画的，或者学其他专业的，学这个就很慢，因为那个手感他没有。我是 2004 年来的。故宫招人从 2004 年开始以本科、研究生为主，从前两年开始以研究生跟博士生为主，但也不是绝对的，本科生有优秀的也可以。特别像工艺美术、艺术类，因为本科生比研究生画得还好，研究生可能原来是学历史改过来的。实际上他跟本科生比水平不见得好，博士也一样。

院校他注重的是创新，让你思维开阔，是往艺术家方向来培养的。在美院里头，说匠人是骂人的，说画得匠心，是说你画得紧，画得板，你的东西没有新意，就跟匠人一样。但现在咱们说的匠人精神，跟那个匠人是俩概念，重点在精神，而不在匠人。在美院的时候，我也看不上清代工艺品，觉得它们太丑了。后来真正接触到这些器物，看到它们的工艺水平，感到几乎无法超越。就觉得你先追上它们的工艺水平，再说别的。

文物修复是一个特殊的行业，师承制很重要。即使我是学漆工艺的，我来了之后也必须有师父带。要不然给我来个文物，可能描金工艺我学过，但是我不知道怎么修。修复是有它特殊的操作流程跟要求的，修到什么程度，用什么材料，怎么修，你学过工艺基础没用，必须从头来，必须有师父带。如果没有老师教，那是一件很可怕的事情，你连拿都拿不好，有可能掰碎了。首先你要保证文物安全。操作中会有很多细节的要求，就是你要排除隐患，保证安全的前提下，按流程、按要求去做修复。修复的过程也是一个经验积累，这个经验也是一个宝贵的知识，这也是课本上学不到的。

所以我觉得想把文物修复的技艺传承下去，师父带徒弟是必不可少的。但是现在有一种情况，就是师父原来是高中毕业，徒弟是博士后；或者师父是本科，来的人是研究生、博士生。师父带徒弟，双方都要愿意才可以，有一方不愿意就带不了。你认同师父，说师父水平挺好的，我愿意跟你学。师父一看，这个新同事也挺好的，不错，能相处。起码得能相处，然后脾气趣味相投，然后部门的安排，这样就好办。也有指定师父的，师父根本不教你，不喜欢你，看不上你，你一身毛病，怎么教你。这样的师徒关系就名存实亡。所以，学生要有求学心态，当师父的也要有责任感。

师承制不像大学课堂，你到时间，一定会有老师进来上课。有些师傅不会主动教你理论，本身他不善言谈，他就是手艺好，但带着你干就是一种教法，最直接的方法，那叫手把手。你干活他就跟你说怎么干，但是你要让他讲一套一套的理论，本身就没有，有些东西也总结不了。因为感性的东西语言有时候表达不了，你看一下就明白了。这个领域里，确实不是纯书本知识。

其实做每一件漆器修复的时候，都面临挑战，就是工艺上的挑战，还有就是它那种伤况，每一件文物伤况都不一样。很重要的一点，你要开动脑筋去创新。

最难的是色彩。漆是从树上割下来的一种树脂，采下来之后它是白的，氧化之后它就逐渐变红，变棕，深棕。经过提炼，变成半透明的棕色。在氧化干燥的过程中，它的颜色就从来没有一样过，同一批漆，或者同一碗漆，上午刷一次，下午再刷一次，干燥之后那个颜色都不一样。而且它在干燥之后它还会变色。所以用天然漆做修复时，你想把色彩调到一致是非常难的，那个纯就是一个经验。

你要控制效果，你修复的部分要想跟原色一样，你要比它略微深一点点。这样的话，可能两个月之后它干透了，或者是一年以后，它那个颜色才能达到平衡。要不然你现在修的部分跟它颜色是一样的，可能过了半年之后它就变浅了。但是太和殿龙椅就算近距离来看也几乎看不到有色差的地方，对我们专业的人来说，这个修复水平是非常非常高的，已经到顶级。

我们漆器修复比较特殊，跟师父的八年，包括一直到现在以及以后很长一段时间，我们一直处于一种学习的状态。因为漆工艺里面，工艺种类太多了。我本科学的漆器工艺。到单位之后，发现我们学的只是一个工业基础，或者是单一的素髹工艺，器物造型。来这儿以后，我们面对的就是清宫造办处，包括皇帝们，乾隆雍正收藏的历代的器物。不单单是某一种工艺。你说你工艺水平还可以，来了一件雕漆，那你要研究雕漆工艺，带了描金的，就要研究描金工艺。所以这种学习压力一直都有。

我们科技部修复有一个特点，我们是一个团队。比如说这件器物，最开始木结构的修复是请木器组的老师傅们来修。修完之后，拿到我们这儿做漆工艺的修复。如果器物上有镶嵌，我们再转到镶嵌组。上面还有金属工艺的话，就到有亮老师那儿去修，就是整个是一个修复团队。

一件器物到我们这儿之后，最开始是做伤况记录，用文字、图片记录它修前的一个状态。然后对它做一个工艺分析，它原来用的是什么工艺，我们有一个实验室，有专业的学化学分析的同事。他们可以就掉下来的残片做一个剖面，把残片包埋在树脂里做一个剖面，用显微镜观察。你能看到这个灰胎的层次，然后裱的麻还是布，然后上面的髹的漆，贴的金，不同的层次看得非常清楚。还能再进一步检测，古人做这件器物的时候，他用的是什么成分，什么材料；贴金是用了朱漆还是透明漆，表面漆有没有经过修复，修复了几次。就这个层层关系很明确，对修复提供很大依据。下面是做修复工艺的实验，比如缺了，我们要补灰胎。比如说它是雪莲灰，我们先在旁边做一个样本，刮出来看它的硬度跟原件是不是匹配。确定跟原件能保持差不多一致，再开始比较细的修复步骤。

咱们的修复原则，其实最主要的有几个，第一个就是“修旧如旧”。这个原则包含两个层面，第一个比较好理解，就是视觉效果，修的地方跟原来一样，你都看不出来，修得特别好，这样就是视觉效果方面。另一个是指用原来的工艺，用传统工艺来做修复。我工作之后，跟西方博物馆有业务交流，修复方面也有交流。2005年在太和殿做那个修复实验，东方博物馆跟西方博物馆，这种修复理念还是有差异的。他们强调“可识别性”，修复的部位要让大家能看出来。咱们讲的是一定要统一了，一般人看不出来；他们讲“可逆性原则”，就你修复的地方，如果不满意，这些材料是可以除下来的。但是在咱们这儿是没有这个原则的，为什么呢？只有你具备这个修复能力，才会去做修复。如果你五年十年以后，你觉得修复水平又提高了，再把原来修复的地方给剔除，这样对文物肯定会有损害。所以我们要求修复一定是自信的，你水平到了再修。如果水平不到呢，我们就把文物先放一放，先不要去动。

实际上，平时跟业务部门交接，不是每件文物来了之后我们都能修。不能修的我就不接。因为漆工的种类多，清宫藏品你细分的话有几十种。以前有石灰的柜子，那个我们就修不了。工艺种类多，一个人经验再多也可能遇到你没遇到过的东西。

前一段时间看到我2005年的工资条，一千四百七十元。就算是2005年，你要在这儿工作，白天上班，然后还要租房，还要吃饭，还要交通打电话，水电费，在北京生活，十年前一千四百七十元也是一种考验。当时我师父讲，我也理解这个事情，你能不能坐得住，看你是不是真正的喜欢。

一般人听说我在故宫，会感觉这是一个好地方，里边挺神秘的。然后会问你是做什么的，做修复，那还是挺神奇。你做什么修复？做漆器修复。漆器是什么？学美术的大部分都知道，但不是这个圈里的人就不太清楚了，你要再给他讲漆器是什么东西。随后会问，这个东西这么偏这么冷，你怎么搞这个。每次碰上新朋友的时候，就要解释一遍，这个挺有意思的。确实漆专业是很小的一个专业，高校开这个专业的也非常少，学生也非常少。然后能去做修复的，那只有这几个人了。其他地方博物馆，有些做保护的，但是做传统工艺修复的没有。所以我一直说，能在故宫做漆器修复，对学漆的人，是非常幸运的一件事。

毕业的时候，我们班上四个人，其中一个要回学校当老师，另一个改行干别的了，第三个女同学去法国留学，一直没回来。我自己的选择，不一定是最好的，但是我最喜欢的。从专业的角度，这也是最好的选择。来到故宫博物院，我当时感觉，来这里是一个学习的过程。过了三年以后，五年以后，到现在第十一年，我一直有这样一种感觉。来了之后，师父教我修复，接触不同工艺。我们接触到的是清宫造办处，还有各个地方的进贡，包括日本，包括欧洲进贡的器物。清宫旧藏里面这些器物，东西最多，水平最高。你不来这儿，你永远接触不到。如果作为研究和学习来说，这里是一个工艺美术的殿堂，是一个艺术的殿堂。特别是漆工艺，是其他博物馆没法相比的，如果要学习，这是最好的地方。而且我们学习，有一个优势，有同事做分析，我们对这工艺从里到外给研究透了。做修复的时候，我们有这么强大的一个团队。如果就一件器物来说，我们现在可能修复不了，但我相信经过努力，研究、实验，每一种工艺都可以被攻破。而修复后，一件器物由残破到完好的状态，这种喜悦，这种成就感是无可比拟的。

我们同学有办考前班的，收入很高。人的价值取向可能确实不太一样。而且我也不认为我们这个行业就没有发展。去年的时候有一个算是同盟，他在日本读了一个博士，漆工艺的，我挺想让他来，日本工艺这块儿，我们有他肯定这块儿的工艺水平会提高。但是他就是受不了这种体制这种管制，最后就没来。之前也有。特别对于学艺术的人来说，一听说要周一到周五坐班，早上八点钟就要来，有几个确实是因为这个没有来。

我倒是一开始就适应，可能跟性格有关吧。我们科技部招人，包括故宫博物院招新人，其实很看重这个人的性格，跟你聊天面试的时候，这个非常重要，不一定是水平要最高的，但一定要性格稳定，能坐得住，然后安全放在第一位的。

作为我来说，还有我那个师兄，我们还是很幸运的，有老师傅带。但是对现在新进来的同事来说，他们就比较尴尬。因为我们年纪差大概十岁左右，还没有到一代人那种感觉，像师父带徒弟那种感觉已经没有了。对于他们来说，面临的挑战会更多一些。不仅是我们漆器修复，其他的像镶嵌组也没有老师傅了。院里边规定，副研究员以上，其中一项工作任务就是带新人。培养，特别是漆器修复，一定是手把手，在修复过程中来指导来进步。它也是一个修复经验的总结。然后新入职的同事我们一块工作，一边总结经验。还有一种形式，因为我们任务很重，不可能派出去学习，我们有一个“平安故宫”工程，里面有一个培训计划，就是可以有半年到一年的时间脱产，然后联系到工艺美术大师，或者是老艺人家里或作坊里面，或者去其他博物馆，或者把大师请到咱们这儿来，咱们来合作修复。修复过程中，年轻人可以跟着学。因为工艺种类

很多，我们可以逐个击破。但这还没有执行。必须得创造机会，得想办法，想不同的办法。

漆器跟其他器物不太一样，它特别容易损坏，因为日用过程中总有磕碰。它下面是木胎，上面是髹漆，虽然有地仗层，跟这个裱的麻布的保护，但是像北方的这种天气，除非你放在恒温恒湿的地方，只要是在地上，冬天干燥，夏天潮湿，就这种一胀一缩的过程，木胎跟髹饰层，这个漆层，漆就容易开裂。开裂之后，就是长年累月的侵蚀，残损。所以我们的修复任务，确实很重。任务重，机会就多。

《髹饰论》里讲了一条修复原则："可以巧手以做拙作，不能庸工以当精致。"你是高手，修一个水平低的器物，可以；但如果你水平不到，你修一个非常精致的器物，就容易出问题。当年修琴我也遇到这个问题。我修的第一张琴是"万壑松涛"，我是学漆工艺的，但是古琴是乐器，那你在修复的时候，就有人会质疑，不会弹琴能修琴吗？真有，就在院子里，这都是师父告诉我的，师父也有压力。实际上是没有问题，因为我们是做保护性修复，对它的木胎结构是不做处理的，只做表面漆的固定，跟藏家做修复还不一样。但那也不行，你等于是没有修复的资质。我们要面对修复完的展览。作为器物，故宫藏的这些琴，都很有名，唐宋元明清历代都有，然后整个琴界，大家来看展览会看到你的修复成果，你怎么能让他们放心？

修复原则是，必须水平到了，对这件器物了解，从认知上，从工艺研究上，从修复水平上，都要到一定水平然后才去做修复。后来我没办法，就学习弹琴。在外边先买上琴，学弹琴。弹琴过程中，老师说你既然懂工艺，又能接触到好的老琴，其实可以自己做一做。就找老师去学习做琴，当我把我自己制作的古琴髹漆，把这个器物拿出来给大家看的时候，大家说可以，你修琴没有问题。这时候再做修复就会比较有信心。

我学琴也是机缘巧合，别人介绍的董春起老先生，教古代汉语的，但是诗书画印都精通。他说你问我什么玩得好，我的诗排第一，诗写得好。我刚认识董老师时，他给我写信，写完之后就可以裱起来挂上。他也弹琴，还是票友，京胡拉得特棒。然后自己搞篆刻，篆书写得很棒，刻得也有味道。学琴我觉得也是师徒，要选择一个趣味相投的。如果你对老师有意见，说这人的人品有点问题，那你肯定不会跟他学的。

董老师很随和，但是如果不投缘他就不跟你玩了，挺讲究的。他就说你也别那么正式地跟我学，因为我认识他的时候他已经六十多岁了，今年快八十了。但是他精神矍铄，拿着扇子到处跑，身体一点问题都没有，眼也不花，很厉害。他说你也别正式地学，弄得咱俩都累。你想来就来，你也别交学费，你就来我这玩儿。这种玩着学确实好，但不是正式交钱来学，所以我琴其实弹得不好。

其实想做好琴，想弹好琴，都很难。学琴入门是很简单的，但是想弹好，首先是需要一定天赋，最主要的是你要投入时间。我对弹琴喜欢是喜欢，但是我没有投入，没有超越我对器物的热爱。

不同的板子做出来的琴风格不同，我其实都喜欢。比如说建筑里面的老杉木，它追唐琴、明琴的声音，松涛那种声音，摹古，声音苍古；墓葬里出土的木头也能出那种古的声音，而且可能是心理作用，它确实有一种不一样的感觉；另外一种是梧桐，传统做琴的、故宫里面的琴正

经应该是用梧桐。梧桐又叫青桐，整个树干全是绿的，长得很慢，它的纤维结构跟杉木不同，振动非常好，而且木头偏硬，再加上斫琴的工艺，它出来的声音细腻、沉静、婉约，是另外一种感觉。

以前咱们庭院里边都种这种梧桐，倪瓒家也种，倪瓒是元代的画家，有洁癖。去年在澳门有一个漆器展，有件文物就叫洗桐宝盒，雕漆的，画面是倪瓒洗桐的故事。传说，倪瓒家来了客人，喝茶聊天，客人散去之后，他听见那客人在外边吐了一口痰，他受不了，客人走后，他让童子拿水、水桶、布，开始洗这棵桐树，树干、树叶子全洗，就说他有洁癖。从画面里看，它的画面那种意境，个人性格的写照特别明显。他洗的桐就是这种梧桐，你看这个洗桐宝盒上的树叶子，跟咱们看这个树叶子完全一样，都是梧桐树。这种树很少，现在绿化都不用它。那边还有一棵楸树，楸树跟梓树合称楸梓，梧桐做琴的面板，梓木做底板，就是天作之合。

古琴主要是用鹿角霜调漆做灰胎，鹿角霜就是鹿角，一味药材，鹿角在锅里面熬，熬出胶质，凝固成霜，打碎混漆。高档的器物里面就是用这个鹿角霜。古琴整个上面那一层灰胎都是鹿角霜。鹿角霜是管孔状的，漆能进去，进去后它强度会比较大，有好多老琴表面漆都磨没了，但是灰胎还很硬。当然也可以混别的，也可以做瓷粉，也可以做八宝灰，象牙、玉、珊瑚、玛瑙，捣碎了混进去，这是王琴的特征，但声音不一定有多好。

声音跟木头的材质、木头的结构、灰胎、琴弦有关，最后是你弹得怎么样。良材，材料好；善斫，工艺好；妙指，你弹得好；正心，人好才能弹出好声音来。一个杀人犯泡的茶肯定不好喝。

古琴里面挑木头是非常有讲究的。要是官琴的话，宋徽宗斫琴肯定是讲究的，一般会用老木头。宋代就摹古，就是找唐代的味道，用唐代的木头做。现在就用明清的木头做。一块木材锯开，要放在水里分出阴阳。分阴阳主要看材料的密度，阳材就是树朝阳的这一面。阳材长得快，疏松，阴材长得慢，更密致。为了平衡，阳材你就要留厚一点，因为它密度小。然后阴材比较硬，密度大，你就相对要薄一点。

有一种琴叫纯阳琴，就是面板跟底板是一种，这会儿如果分阴阳的话，那肯定是底板用阴材，然后面板用阳材。底板要反射，要求密度要大。做纯阳琴肯定是要分阴材阳材的。分阴阳是很讲究的做法了。现在我要有一块明代木头已经是非常好了。

古琴要挂起来，还要经常弹比较好。到目前为止故宫的琴还没有被充分地利用起来。我们修完之后，会上弦，然后看一下弦路怎么样。但是我们能不能弹古琴，这个不好说。现在就差一个权威的人，说这琴就得弹，不弹不行，没有振动。如果用外面老琴家的话说，不弹就死掉了。经常不弹的琴，拿过来要醒琴，要弹一弹让它振动起来，活起来。但是博物馆又比较特殊，它主要职能是保存保护，然后展览展示，它是这个功能。能不能弹，不好说。没有这方面的规定。比如浙江省博，2010 年做了一个音乐会，就拿馆藏的唐琴，然后请来琴家做的音乐会。那是有人来做这件事情，人家来承担这个责任。弹文物也是有风险的。故宫的话，我也希望有一天这琴都修完了，其实也可以做这种利用。因为这是学术性的，目的还是为了文化传播。

琴确实有生命，一件漆器，古琴，当你做好之后，从早上到晚上，一年四季它都在不断地呼吸，跟人呼吸一样，它胀起来了，呼出去了它就缩。它会变化，这个琴一直是变化的，这么变化、那么变化。所以有些琴为什么要挂着呢？因为你放在那儿，这个琴弦绷着，这么用劲，可能会塌腰，琴会变形，那挂着就好得多。不弹的，长时间半年你出差不弹，这琴不用了，要把琴弦给松开。然后你放琴也不能随便放。就放在那桌子上，空调正对着吹着琴的话，三五天它就裂了。它怕风吹，怕干燥。因为木头随着外面湿度变化，它含水率会变高，一高它就胀。

斫琴最难的，还是对琴整体的把握。一张琴从两方面考究它，一个是器物，一个是声音，要达到完美很难。从器物的角度来说，想完美已经很难。但是我在不断地接近这个目标。声音比较复杂。一个是它受制于材料跟工艺，另一个就是大的审美方向不一样，可能我的这个想法变了，我做琴就会改变。比如说里面有唐代的厚重苍古，宋代的婉约亮丽。琴在声音上也可以这么分，琴有九德，“奇、古、透、润、静、圆、匀、清、芳”，还有二十四况，在审美的角度里是互相冲突的。不可能一张琴九德全都兼备。斫琴的人他自己有审美，你就往这个审美的方向去努力，做到完美就可以了。他做的琴不可能所有的人都喜欢。

改行不会了，漆工艺我不会再改行了。为什么？有两方面，一方面是说，比如说单一的一种工艺，想要达到最高水平，达到登峰造极，达到游刃有余的水平，那可能需要一辈子。比如雕漆工艺，就一种工艺，你就需要好几年，一辈子的经验。而我们面对的是几十种工艺，特别是乾隆时候，会把雕漆跟螺钿金银平脱放在一起。外面边框是紫檀包镶。它百宝嵌跟描金放在一起，就是一件器物上有几种工艺复合在一起，这在髹饰里面叫斑斓。这种器物这种水平，我们看了之后，如果想超越它，需要花很多很多精力，只能感觉自己力不从心，感觉时间不够用。就是这种感觉，所以一般不会有枯燥感。说改行，没有这种想法。除非是哪天，遇到过不去的坎。这工艺实在是太难了，精神被打击有可能会。

上学的时候，包括刚工作的时候，生活的目标，人生的目标一直都不太明确。现在是逐渐地在明确，在学琴以后不断清晰。它对我的性格也有很大影响，让人变沉静。确实，做漆也好，做琴也好，弹琴也好，它是一种修心的状态。古人讲格物致知，你得研究这个东西，研究它其中的道理，然后诚意正心，心态要端正，目标要明确。然后是修身，在前面的制作研究的基础上，修养心性，然后你的素质不断提高。后面齐家，成家立业，娶媳妇生孩子，后面才有更大的发展。古人讲这个人生的顺序是不能乱的，前期肯定要格物致知，如果格物致知这个过程做不好的话，后面你成功的概率就没有这么高。所以工作这十年，其实一直处于格物致知这个状态。

修身养性是比较虚的层面，实际的、客观的就是这种造物的技术，我学到了，然后再摹古，在学习古人的基础上，我对古人造物有了一定的认识，然后又有了自己的想法，又有了自己的目标，我的人生目标是希望等百年以后，我做出的器物还能传给下一代。

借助收藏品和绘画，我幸运地进入了另外一个领域，就是漆家具。在宫廷里面，我们从养心殿就能看到，好多器物下面都髹漆，就是紫檀花梨的，紫檀的跟描金结合在一起，太美了，太妙了。但是那是宫廷的，老百姓用不起。而在外面，我看到很素的家具，有明代的，甚至有宋代的，有些在宋画里才能见到的。我看到里面那种美，而且这种器物是跟生活息息相关的。也是当代的文人生活里面缺失的，这里面除了文化方面，也有商业需求。如果有商业价值的话，那它就有复兴的可能。

人的价值有两种，一个是个人价值，一个是社会价值。个人价值中如果做到位，它本身是有社会价值的。社会价值，拿当前工艺美术的发展状况来看，漆工艺还处于一种没有发展好的状态，因为过去这一百年没有太多的有利条件。现在有很多有利的条件，从经济基础上，从舆论上、政策上，都是支持的，它是往上走的一种状态。而恰恰漆工艺跟生活又是脱节的。为什么干不过西方化学漆、合成漆？当然人家材料有人家的特性，有长处。但是漆工艺完全可以迎来一次复兴。谈到个人的社会价值，我希望能在这方面做出一点成就。

注释

---

17. 木胎，大漆是液体，需要涂在胎骨上，胎骨材料有木、竹、皮、藤、金属、陶瓷等，其中木胎最为普遍。《大漆中的记忆》，国家图书馆出版社，2013 年。
18. 灰胎，做漆器底胎的粉末状填充物，用角、骨、蛤、石、砖、瓦、瓷等研成的细粉末，与胶、漆、油调和后涂在胎骨上，构成漆器的“肉”。《大漆中的记忆》，国家图书馆出版社，2013 年。
19. 描金，又名泥金画漆，金箔加胶水以手指研磨成金粉，此为泥金粉。描金是在器物上用笔蘸漆描画，然后用丝绵团蘸泥金粉，着在漆器上，以露出泥金花纹。《中国漆器全集》，福建美术出版社，1995 年。
20. 雕漆，又称漆雕、剔红、剔黄、剔绿、剔彩、堆朱、堆漆，雕漆中尤以剔红为最多。制作方法是在已做好的器胎上层层髹漆，达到一定厚度时，按所需图案雕刻花纹，纹饰有浮雕效果。《古代漆器》，吉林文史出版社，2010 年。

尾声

北方老辈人喜欢住平房小院，“接地气”。和小院里历经百年、生机勃勃的杏树一样，这些工匠也“接了地气”，拥有一种狼烟滚滚的外面的人所没有的悠长的节奏。西三所的小院像一个杂居的四合院。很显然，这里上班的人们之间关系很好，那种放松和温暖有一种异于现代社会的人情味。这大概，也是接了地气的缘故。和钢筋水泥的写字楼相比，故宫修复师们的西三所像一个平静的桃花源。

而走在风雨侵蚀、坑洼不平的故宫的砖地之上，看着宏伟的建筑，历史感油然而生，那时，我们的心情应该是一样的；周一故宫闭馆，陶器组的纪东歌在空无一人的太和门广场上骑着自行车迎风驶过，第一次这么享受的，是爱新觉罗·溥仪。

2016年，文保科技部将搬迁到另一新盖楼中。这些修复师们将告别西三所，一个时代结束，代之以另一个时代的开启：最近两年，故宫每年约吸收四五十名应届毕业生。未来几年，这个数字可能还会增加，届时，故宫将注入更多的新鲜血液。五年后，随着老员工慢慢退休，故宫将有三分之一的员工被替换为新鲜血液。包括屈峰、闵俊嵘、高飞、孔艳菊、陈杨、亓昊楠在内，这个日渐壮大的年轻人队伍，将真正决定着故宫的未来。

纪东歌骑车穿过太和门广场，最早享受过的人是百年之前的末代皇帝溥仪

跋 跟随他们的旅程

在故宫采访这些修复师时，经常听到一个字：“随”。把颜色跟两边随、把眼睛随上……大致是说，修补的部分要跟原有部分颜色找齐，随上，直到浑然一体，分不出哪儿是原件，哪些地方是后来所补，修旧如旧。

这本书，也是一本“随”出来的书。看完第一集《我在故宫修文物》就决定接下这本书的写作邀请。真正在故宫采访我只做了一周，但这本书的文件夹里，最早的采访始于 2010 年。为拍故宫里的修复技艺的心口相传，《我在故宫修文物》的制片人、清华新闻与传播学院教授雷建军带着学生在故宫做田野调查。调研持续了五年，2015 年纪录片开拍时，摄制组每个人拿到一本十万字的调研报告。更大量的采访发生在拍摄期间，导演萧寒、叶君、导演助理程薄闻在四个月不间断的采访中累积了大量素材。我自己做的访问，像一碗水一样汇入这一条河流。但是，并不觉得陌生，也没有突兀，看那些素材时，我经常觉得问的比我能想到的更周全，重要的是，我们是同一个方向，就像工匠，辨认出前任工匠的高超手艺并为之赞叹，他需要做的只是“随”上原有的工艺，原有的色彩。

“反正干我们这行别偷懒，你干得越少越不行。就得多干，你没悟性的必须得多干，才能找出这个感觉来。”写这本书的过程，对我而言是一次很好的学习，通过这些简单朴实的大白话，匠人的世界呈现眼前。相比于跳跃发散、讲求创意观念的艺术家思维，工匠思维是立足于地的老老实实，是在意每一件物品的手感，是面对文物如履薄冰的谨小慎微。职业性的敬畏与谦恭渗透了他们，变成生命底色的一部分。

在敬畏与谦恭之中，他们用漫长的时间做一件事，双手千百次的重复之后进入自由之境，于是，一道线，也有精神性，有力度和律动的变化。这是工匠的沉默的智慧，手上的开悟。

我的朋友经常抱怨说，现在国内许多品牌的服装已经放弃了普通身材的女性，经常逛完一条街也买不到一件剪裁合体的好衣裳。据说，因为中国推崇设计师而不重视打版师，但后者才能把设计师的理念变成合体的衣服，所以我们能看到大量的设计师，却仍然买不到一件剪裁合体的好衣裳。我们的社会过分追求聚光灯下的光彩，却忘了，只有土地里的根茎足够深刻，一棵树才能开出繁茂的花朵。工匠是土地之下，看不见也被忽略的根。很有幸，我能近距离地看到这些一流工匠的工作状态，听到他们回忆自己的师父的点点滴滴，工匠的骄傲并不来自炫耀自己修过多少国之瑰宝，而来自更真实的器物，更具体的手感：这件文物我修过，我对得起它，我放心。他们的面貌沉静安详，是在世上找到了安身立命所在的脸。我羡慕这样的面容。

书画修复最关键是揭命纸，稍有不慎就会毁掉文物，有时须靠手指轻搓慢捻，捻成极细小条取下，一幅画动辄要揭一两个月，过程枯燥，技巧在此失效，只能拼耐心。写这本书的四个月中，一遍遍听他们的采访录音，从几十万字的资料里“搓”出来这本书里的十万字，由暑热难耐的伏天写到寒冬将至，时常感到我也在搓着一张看不见的命纸，在枯燥而平静的手感中一点点接近手艺人的世界，我为之喜悦。

绿妖

2016 年 11 月

镶嵌组科长孔艳菊

修复后的佛像，静静地陈列在展馆中

织绣组的陈杨在缂丝

修复后的精美瓷器

ARROW
故宫专用

ARROW
故宫专用

图书在版编目（CIP）数据

我在故宫修文物 / 萧寒主编；绿妖撰稿；严明摄影. —— 北京：北京十月文艺出版社，2022.6（2025.6 重印）
ISBN 978-7-5302-2222-5

Ⅰ. ①我… Ⅱ. ①萧… ②绿… ③严… Ⅲ. ①随笔－作品集－中国－当代 Ⅳ. ①I267.1

中国版本图书馆 CIP 数据核字（2022）第 032048 号

我在故宫修文物
WO ZAI GUGONG XIU WENWU
萧寒 主编
绿妖 撰稿
严明 摄影

出　　版	北 京 出 版 集 团 北京十月文艺出版社
地　　址	北京北三环中路 6 号
邮　　编	100120
网　　址	www.bph.com.cn
发　　行	新经典发行有限公司 电话 (010)68423599
经　　销	新华书店
印　　刷	北京盛通印刷股份有限公司
版　　次	2022 年 6 月第 1 版
印　　次	2025 年 6 月第 6 次印刷
开　　本	720 毫米 ×960 毫米　1/16
印　　张	16.75
字　　数	180 千字
书　　号	ISBN 978-7-5302-2222-5
定　　价	69.00 元

质量监督电话　010-58572393
如有印装质量问题，由本社负责调换。